真名士，自风流

汤一介引读《世说新语》

New Account of World Tales

[南朝宋] 刘义庆 著

汤一介 导读

中国致公出版社　知音动漫

知音动漫图书·时代坊
ZHIYIN COMIC BOOK 打造优秀作品·引领流行阅读

圣人忘情,最下不及情,
情之所钟,正在我辈。

他们这么说这本书
What They Say

插画：老璟怡

宗白华
1897 — 1986

现代美学家宗白华在《美学散步》中的《论〈世说新语〉和晋人的美》里提到："《世说新语》一书记述得挺生动，能以简劲的笔墨画出它的精神面貌、若干人物的性格、时代的色彩和空气。文笔的简约玄澹尤能传神。"

> 以简劲的笔墨画出它的精神面貌、人物性格、时代色彩

梁启超
1873 — 1929

中国思想家梁启超在《国学入门书要目及其读法》里，谈国学入门书和阅读方法，对于《世说新语》有一段评价："将晋人谈玄语分类纂录，语多隽妙，课余暑假之良伴侣。"

> 课余暑假之良伴侣

> 文学高妙之作，语言艺术之宝藏

孙犁
1913 — 2002

中国文学家孙犁在散文《买〈世说新语〉记》中，谈起买这本书的经过及感想："我读这部书，是既把它当作小说，又把它当作历史的……这部书所记的是人，是事，是言，而以记言为主。事出于人，言出于事，情景交融，语言生色，是这部书的特色。这真是一部文学高妙之作，语言艺术之宝藏。"

——真名士，自风流

蒋勋
1947 —

美学评论家蒋勋在谈论到"孤独"的主题时,提出了竹林七贤的例子:"读竹林七贤的故事,就能看见中国在千年漫长的文化中鲜少出现的孤独者的表情,他们生命里的孤独表现在行为上,不一定著书立说,也不一定会做大官,他们以个人的孤独标举对群体堕落的对抗。我们现在听不到阮籍和其他竹林七贤的长啸,可是《世说新语》里说,当阮籍长啸时,山鸣谷应,震惊了所有的人,那种发自肺腑、令人热泪盈眶的呐喊,我相信是非常动人的。"

> 读竹林七贤就能看见中国文化中鲜少出现的孤独者的表情

汤一介
1927 — 2014

这本书的导读者汤一介,曾是北京大学哲学系资深教授。他认为《世说新语》一书是以散文、杂感、小说、笔记等形式反映汉末到东晋文人学士的生活集子,也是研究"魏晋玄学"的人必读的书。他说:"这部书,能以极细腻生动的细节,毫无顾忌地展现出汉末至晋宋间,社会的大变动所带来的思想感情上的大解放,以及士大夫所追求的理想人生境界,所欣赏的生活方式,所执着的人生态度,所赞美的言谈举止,等等。这都和两汉风气大异其趣,而呈现出崭新的时代风貌。"

> 展现士大夫所追求的理想人生境界、生活方式及言谈举止

> 你要说些什么?

你
?

在二十一世纪此刻的你,读了这本书又有什么话要说呢?

汤一介引读《世说新语》— 003

书中的一些人物
Characters

插画：老璟怡

嵇康
223 — 263

字叔夜，谯郡铚县人，擅长音乐、文学、玄学，作有琴曲《风入松》，著有《养生论》等，提倡"越名教而任自然"。他向往出世的生活，不愿做官，因此当山涛举荐他为官时，他写下《与山巨源绝交书》，表明自己的立场。后来嵇康受诬告下狱，被司马昭判处死刑，临刑前三千名太学生上书求情。嵇康最后在刑场上弹奏完《广陵散》后，从容赴死。

阮籍
210 — 263

字嗣宗，陈留尉氏人，父亲阮瑀是"建安七子"之一。阮籍是竹林七贤中文笔最好的，是"正始之音"的代表，著有《咏怀诗》《大人先生传》等。阮籍在政治上采取谨慎避祸的态度，常常在家里闭门读书，数月不出；或者四处出游，数月不归；或者喝酒大醉，以躲避当权者的威逼。然而他最终还是被迫替司马昭写了《劝进文》。

刘伶
221 — 300

字伯伦，沛国人，身材矮小，容貌丑陋，擅长喝酒和品酒，经常纵酒狂饮，数日不止，任性放浪，视礼教为无物。刘伶经常手里抱着一壶酒，乘着鹿车到处乱走，还命仆人提着锄头跟在后头，跟他们说："如果我醉死了就随便埋了吧。"著有《酒德颂》一篇，表达他对奔放于自由天地的憧憬。

004 ——真名士，自风流

山涛
205 — 283

字巨源，河内郡怀县人，幼年丧父，家境十分贫寒，在竹林七贤中年龄最大，一直到四十岁才开始为官。山涛曾经推荐好友嵇康为官，嵇康不但拒绝，还写下《与山巨源绝交书》。然而，嵇康在刑场临死前，将自己的儿女托付给山涛，留言道，"巨源在，汝不孤矣"，显示他对山涛的看重。

王戎
234 — 305

字濬冲，琅邪人，是七贤中年纪最轻，且最庸俗的一位。他热衷功名，深明避祸之道，在纷乱的政治环境中总是化险为夷，最后官至司徒，阮籍曾笑称他是"俗物"。王戎非常爱钱，田产遍及各州，但还是每夜和妻子手执象牙筹计算财产；此外他也很吝啬，家中有很好的李子要卖，他会事先把果核钻破，以免别人得到种子。

向秀
227 — 272

字子期，河内怀县人，喜好读书，但不善于喝酒，常与嵇康、吕安等交游，在山阳为吕安种菜，在洛阳与嵇康一起打铁。嵇康、吕安被司马昭害死后，向秀作《思旧赋》一篇，以哀悼故友。曾注《庄子》一书，但未完成就去世了。

阮咸
230 — 281

字仲容，陈留人，阮籍的侄子，两人合称"大小阮"。阮咸年龄比王戎稍长，是竹林七贤中第二小的，为人放诞，不拘礼法。阮咸有一次与众人群聚饮酒，直接从大瓮舀酒喝，结果有一群猪也寻香而来，阮咸便跟在猪群的后面共饮。阮咸善弹琵琶，精通音律，还改造了从龟兹传入的琵琶。

这本书的历史背景
Time line

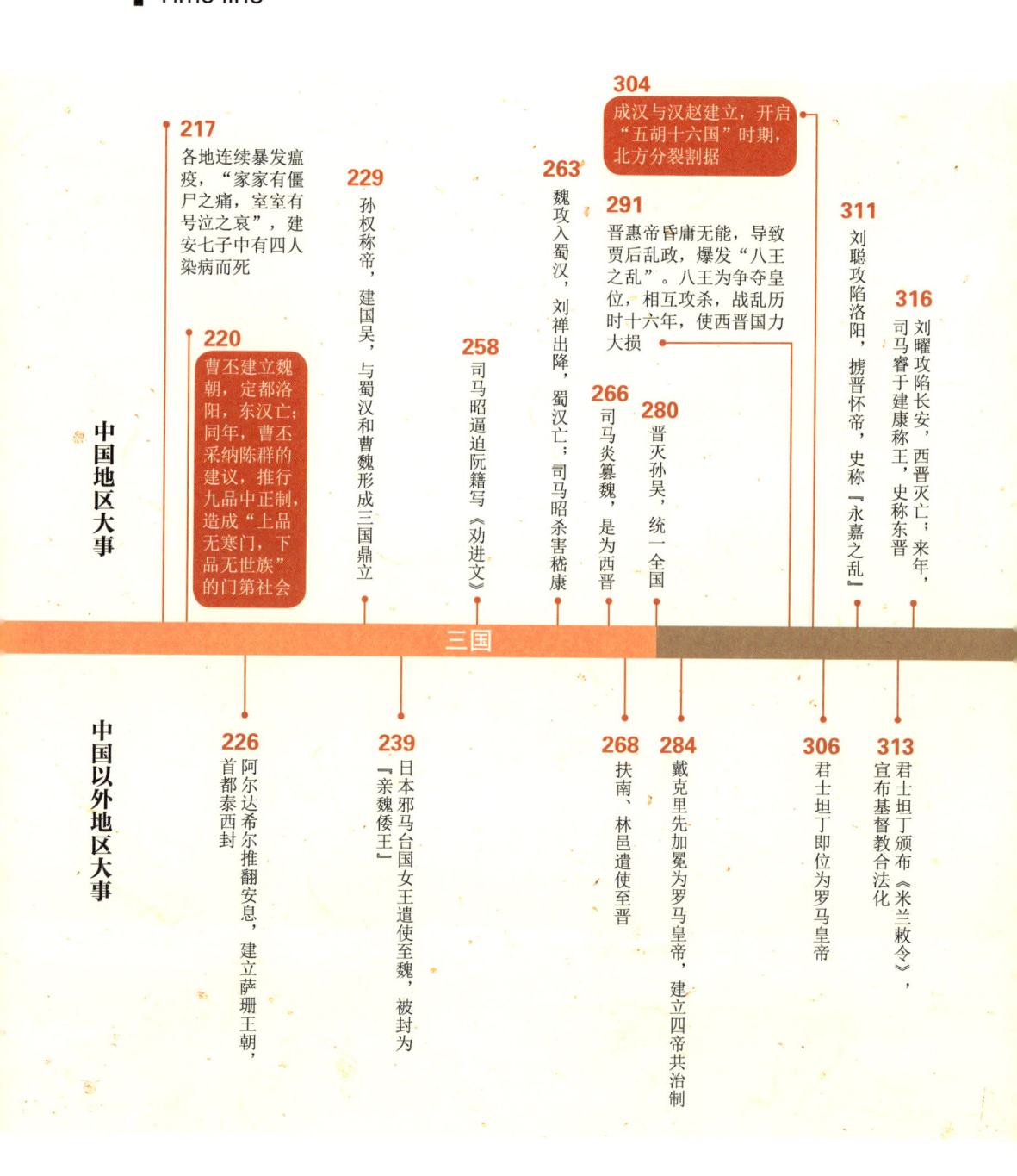

中国地区大事

- **217** 各地连续暴发瘟疫，"家家有僵尸之痛，室室有号泣之哀"，建安七子中有四人染病而死

- **220** 曹丕建立魏朝，定都洛阳，东汉亡；同年，曹丕采纳陈群的建议，推行九品中正制，造成"上品无寒门，下品无世族"的门第社会

- **229** 孙权称帝，建国吴，与蜀汉和曹魏形成三国鼎立

- **258** 司马昭逼迫阮籍写《劝进文》

- **263** 魏攻入蜀汉，刘禅出降，蜀汉亡；司马昭杀害嵇康

- **266** 司马炎篡魏，是为西晋

- **280** 晋灭孙吴，统一全国

- **291** 晋惠帝昏庸无能，导致贾后乱政，爆发"八王之乱"。八王为争夺皇位，相互攻杀，战乱历时十六年，使西晋国力大损

- **304** 成汉与汉赵建立，开启"五胡十六国"时期，北方分裂割据

- **311** 刘聪攻陷洛阳，掳晋怀帝，史称"永嘉之乱"

- **316** 刘曜攻陷长安，西晋灭亡；来年，司马睿于建康称王，史称东晋

时期条：三国

中国以外地区大事

- **226** 阿尔达希尔推翻安息，建立萨珊王朝，首都泰西封

- **239** 日本邪马台国女王遣使至魏，被封为"亲魏倭王"

- **268** 扶南、林邑遣使至晋

- **284** 戴克里先加冕为罗马皇帝，建立四帝共治制

- **306** 君士坦丁即位为罗马皇帝

- **313** 君士坦丁颁布《米兰敕令》，宣布基督教合法化

006 —— 真名士，自风流

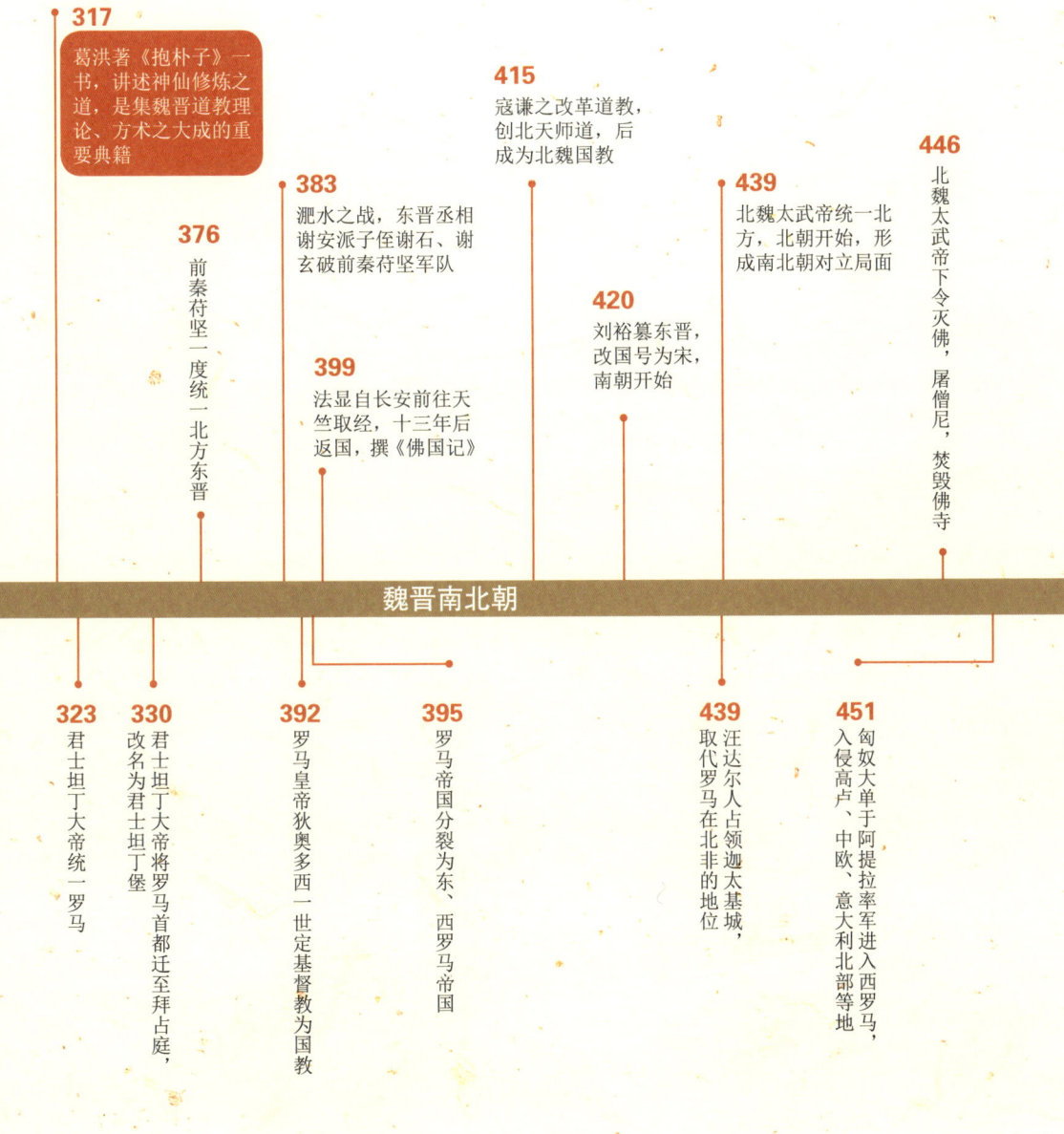

魏晋南北朝

317 葛洪著《抱朴子》一书，讲述神仙修炼之道，是集魏晋道教理论、方术之大成的重要典籍

376 前秦苻坚一度统一北方东晋

383 淝水之战，东晋丞相谢安派子侄谢石、谢玄破前秦苻坚军队

399 法显自长安前往天竺取经，十三年后返国，撰《佛国记》

415 寇谦之改革道教，创北天师道，后成为北魏国教

420 刘裕篡东晋，改国号为宋，南朝开始

439 北魏太武帝统一北方，北朝开始，形成南北朝对立局面

446 北魏太武帝下令灭佛，屠僧尼，焚毁佛寺

323 君士坦丁大帝统一罗马

330 君士坦丁大帝将罗马首都迁至拜占庭，改名为君士坦丁堡

392 罗马皇帝狄奥多西一世定基督教为国教

395 罗马帝国分裂为东、西罗马帝国

439 汪达尔人占领迦太基城，取代罗马在北非的地位

451 匈奴大单于阿提拉率军进入西罗马，入侵高卢、中欧、意大利北部等地

汤一介引读《世说新语》 — 007

这位作者的事情
About the Author

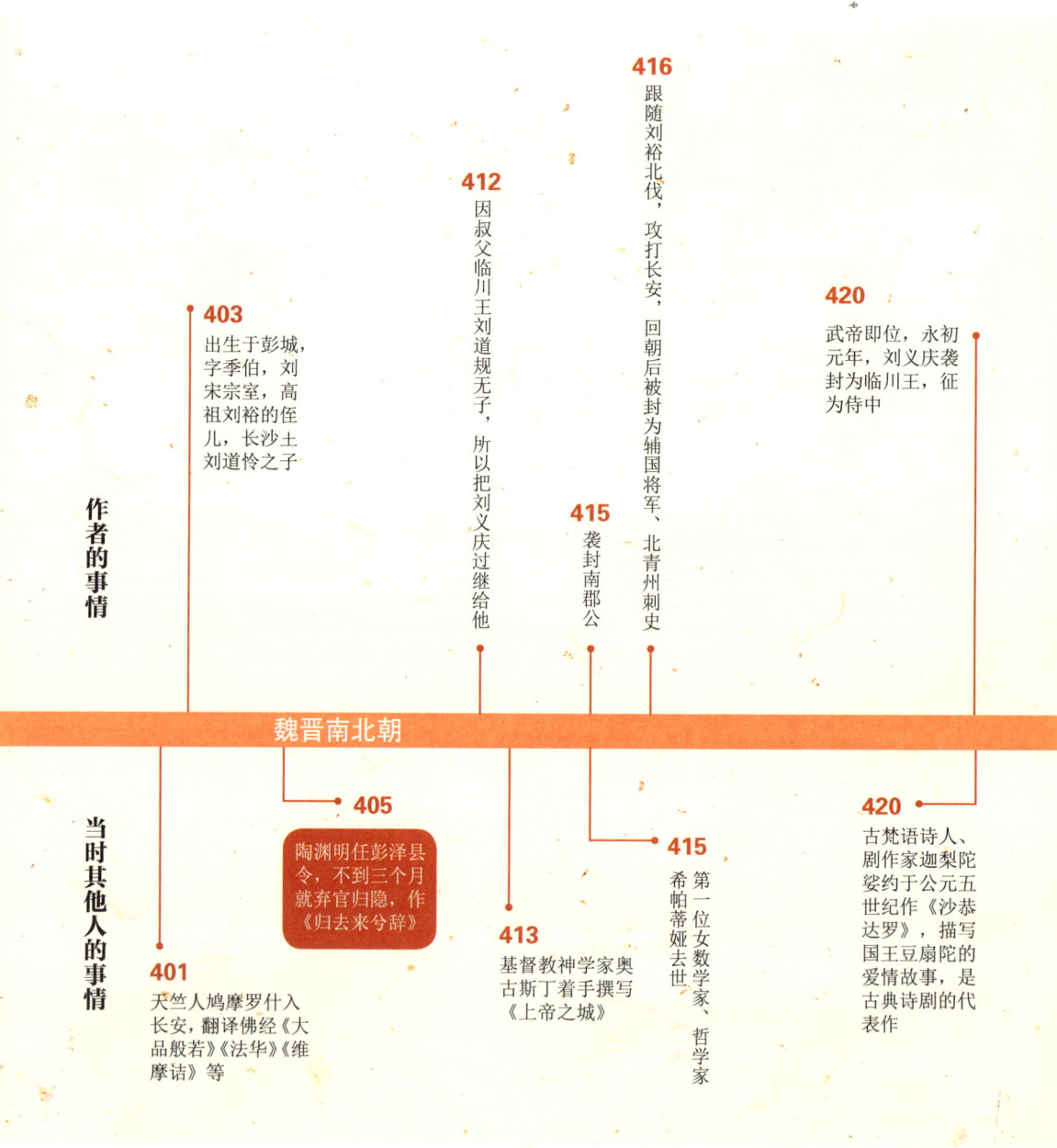

作者的事情

- **403** 出生于彭城,字季伯,刘宋宗室,高祖刘裕的侄儿,长沙土刘道怜之子
- **412** 因叔父临川王刘道规无子,所以把刘义庆过继给他
- **415** 袭封南郡公
- **416** 跟随刘裕北伐,攻打长安,回朝后被封为辅国将军、北青州刺史
- **420** 武帝即位,永初元年,刘义庆袭封为临川王,征为侍中

魏晋南北朝

当时其他人的事情

- **401** 天竺人鸠摩罗什入长安,翻译佛经《大品般若》《法华》《维摩诘》等
- **405** 陶渊明任彭泽县令,不到三个月就弃官归隐,作《归去来兮辞》
- **413** 基督教神学家奥古斯丁着手撰写《上帝之城》
- **415** 第一位女数学家、哲学家希帕蒂娅去世
- **420** 古梵语诗人、剧作家迦梨陀娑约于公元五世纪作《沙恭达罗》,描写国王豆扇陀的爱情故事,是古典诗剧的代表作

424
转散骑常侍，任秘书监一职，掌管国家的图书，得以接触与博览皇家的典籍

429
任尚书左仆射，相当于副宰相，后因不愿卷入刘宋皇室的斗争，而自请外镇

432
任荆州刺史，颇有政绩，在此过了八年安定的生活。召集了许多文士，如陆展、何长瑜等

439
任江州刺史，重用陆展、何长瑜、鲍照、袁淑等辞章华美之文士，开始编撰《世说新语》；同年，因同情被贬的彭城王而触怒宋文帝，惊惧之中作琴曲《乌夜啼》

440
任南兖州刺史，镇守广陵

441
邀请天竺沙门僧于广陵结居，与佛徒颇有往来

444
病逝于京城，时年四十二岁，追赠司空，谥号康王，著有《徐州先贤传》，编有《幽明录》《宣验记》《世说新语》等

432
范晔撰《后汉书》

433
谢灵运卒，作有山水诗《登池上楼》《岁暮》

438
《狄奥多西法典》编成

长篇乐府民歌《木兰诗》创作于北魏时期

汤一介引读《世说新语》—— 009

这本书要你去旅行的地方
Travel Guide

焦作 ●●●

● 云台山

位于焦作市修武县境内，有独具特色的"北方岩溶地貌"，流泉飞瀑，绿荫浓密，景色优美，是竹林七贤的隐居故里。

● 百家岩

位于云台山上。据传嵇康曾在此寓居二十年之久，至今尚有淬剑池、醒酒台等遗迹，据传竹林七贤相聚的"竹林"可能就在此。

洛阳 ●●●

● 汉魏故城

始建于西周，东汉至北魏时成为帝都，北魏末年毁于战火。现今可见永宁寺、灵台、辟雍、明堂及太学遗址等。竹林七贤中的王戎、山涛、向秀等人都曾在洛阳为官。

● 西晋辟雍碑

出土于洛阳东郊辟雍遗址，碑上刻有"大晋龙兴皇帝三临辟雍皇太子又再莅之盛德隆熙之颂"等字。嵇康当年被下狱时，有三千太学生为其求情。

荆州 ●●●

● 荆州古城墙

相传东汉末年始建土城，历经战火毁坏及重修，现有砖城墙为清代依明城墙基础重建。刘义庆曾出任荆州刺史八年。

开封 ●●●

● 啸台

也叫阮籍台，位于河南尉氏县城小东门南城墙上。相传阮籍常在此城墙上吟诗抒啸，后人便筑台纪念，现仅存一座小土堆。

● 阮籍墓

位于尉氏县小陈乡，墓前立有清代大学士阮元亲书的墓碑"魏关内侯散骑常侍嗣宗阮君之墓"。

荥阳 ●●●

● 汉王霸王城

荥阳东北广武山上，有两座古城遥遥相对，为项羽与刘邦的对峙地，两城间隔着一巨壑，是"楚河汉界"的由来。阮籍曾经登临此处，感慨："时无英雄，使竖子成名！"

南京 ●●●

● 台城

位于南京玄武湖南岸，鸡鸣寺后，是南朝首都建康的所在地。刘义庆曾数次入朝担任要职，前后在建康任职十余年。

● 朱雀桥

秦淮河旁的朱雀桥，是通往乌衣巷的必经之路。唐代刘禹锡曾作诗："朱雀桥边野草花，乌衣巷口夕阳斜。旧时王谢堂前燕，飞入寻常百姓家。"

● 乌衣巷

三国时代为东吴军营，因为士兵皆穿黑衣，故名。后为东晋名门士族的聚居地，名臣王导与谢安的宅第都位于此。

● 石头城

位于南京清凉山，为三国孙权所修建，自东吴至西晋都是建康的军事要塞。《世说新语》中曾多次提到石头城。

汤一介引读《世说新语》—— 011

目录
Contents

- 002 —— 他们这么说这本书
  What They Say

- 004 —— 书中的一些人物
  Characters

- 006 —— 这本书的历史背景
  Time Line

- 008 —— 这位作者的事情
  About the Author

- 010 —— 这本书要你去旅行的地方
  Travel Guide

001 — 导读　汤一介

君子应该不把外在的名誉、地位、礼法等等放在心上，而是一任真情地为人行事；要敢于把自己的自然本性显露出来，不要顾及外在的是是非非，这样一方面可以"越名教而任自然"；另一方面又可以达到与天地万物为一体的"自然"境界。说明所谓"七贤风度"就是要把释放人的自然性情放在首位。

047 — 世说新语八周刊　猪乐桃

以漫画形式和流行语言，重新演绎魏晋风流。

065 — 原典选读　刘义庆

本章选取了《世说新语》中部分经典篇章，了解魏晋时代风尚，体会魏晋名士风流。

158 — 这本书的谱系
Related Reading

162 — 延伸的书、音乐、影像
Books，Audio&Videos

导读
汤一介

汤一介，曾任北京大学哲学系资深教授、北京大学儒学研究院院长、北京大学儒藏编纂与研究中心主任、中华孔子学会会长。主要研究魏晋玄学、早期道教、儒家哲学、中西文化比较等。著有《早期道教史》《郭象与魏晋玄学》《佛教与中国文化》《儒学十论及外五篇》等。

《世说新语》是由南朝宋（420—479）临川王刘义庆（403—444）所编著的，后又由南朝梁（502—557）刘孝标（463—521）广泛地搜集各种有关材料，根据《世说新语》的内容加以注解，引用的经史杂著有四百余种，引用的诗赋杂文七十余种，大大丰富了刘义庆的《世说新语》，因此我们说《世说新语》也包含了刘孝标的注文。

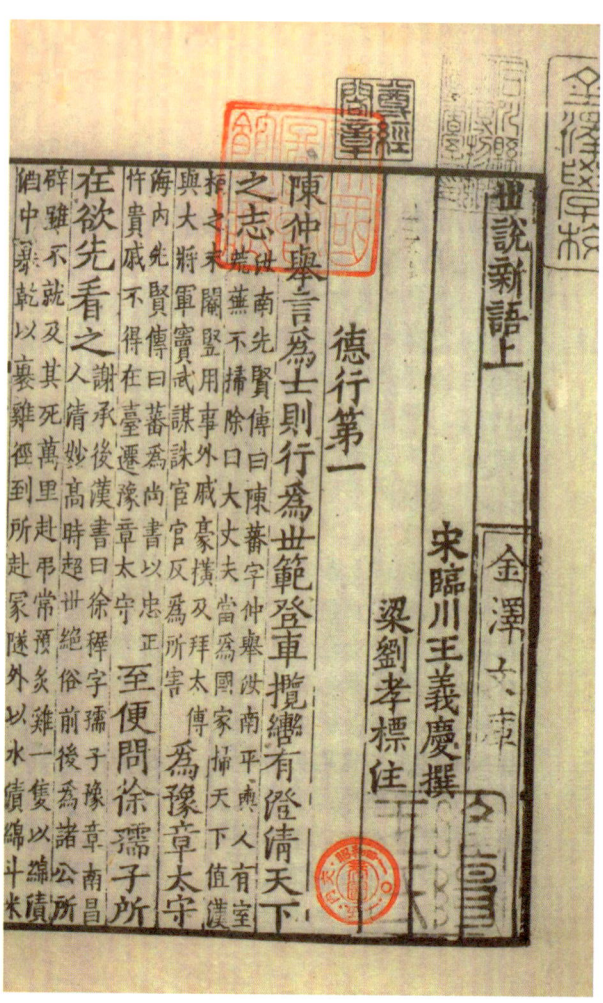

▲《世说新语》是南朝宋刘义庆所作，为中国早期笔记小说之代表作，记载了魏晋时期的名士风度，也开启了后世记言体的创作。

《世说新语》是一本什么样的书

《世说新语》是一部以散文、杂感、小说、笔记等形式反映汉末到东晋文人学士、名臣大吏、骚人墨客等人物生活的集子。这部书一直为研究魏晋时期的历史、语言、文学、哲学的学者所重视，特别是研究"魏晋玄学"的学者必读的书。据《宋书》说，刘义庆年轻时喜欢骑马乘车东游西逛，后来渐渐感到"世路艰难"，就不再骑马乘车，转而召集一些文人学士到他家做客，共同完成了《世说新语》这部书。刘孝标对《世说新语》的"注"，也为我们留下了从东汉到南朝时期的许多宝贵的史料。《世说新语》虽分"德行""言语""政事""文学"等三十六类，每类中有若干"条"故事，但每条故事之间没有什么联系，而且还有重复的地方，所说的故事往往是来源于其他书。鲁迅认为，此书原名《世说》，后来由于《汉书·艺文志》已录有《世说》名目的书，因此在"世说"后加上"新语"二字，以与《汉书·艺文志》中的《世说》相区别。

鲁迅在《中国小说的历史的变迁》中，将魏晋时期的短篇小说故事分为"志人"（记述人物的故事书）和"志怪"（记述神仙、鬼怪故事）。他说："志人"小说故事是指"记人间事"。这种"记人间事"的短文，在春秋战国时期就有，但多半用以说明某种道理（喻道）或评论政事（论政）。然而《世说新语》则主

所谓"清谈" 是指魏晋时期的知识分子，讲究语言修辞技巧，进行人生、社会、宇宙等探讨的学术往来活动。清谈的源头可以追溯至东汉末年的党锢事件前后，当时的太学生议论时政、品评人物及讨论学术思想，形成一种交游与谈论的新风气。在党锢之祸后，对于政治的直接评论渐渐少了，而一般性的人物品评及思想讨论增加，但游谈之风不衰，汉末清议遂酝酿出魏晋清谈。自东汉以迄魏晋南北朝，社会纷扰不安，自然灾异频仍，使得人民感到巨大的恐惧，兼以农民起义、群雄割据所引起的战争不绝如缕，死亡的阴影笼罩在每个人头上，故将希望寄托于老庄，以期能超脱生死之恐惧与忧虑。且政治上的倾轧，使得士大夫因所属集团对峙而遭到诛杀，恐怖的政治风气使得人人自危，但求远灾避祸，因此将注意力由政治转为"三玄"，追求清谈胜义，而不评议政治，并在此种智力游戏中获得乐趣与声誉。

▲明 夏葵 《雪夜访戴图》。此画引用《世说新语·任诞》典故。王徽之于雪夜一时兴起，欲访远方之友人戴逵，于是乘船前往。等至戴逵家门前却不进入而折返，人问此为何故，王徽之答"吾本乘兴而行，兴尽而返，何必见戴"。充分表现魏晋名士潇洒放达之态度。

要是为"赏心而作",它"远实用而近娱乐",读起来很有兴味,让人"赏心悦目"。所以美学家宗白华在《论〈世说新语〉和晋人的美》中说:"《世说新语》一书记述得挺生动,能以简劲的笔墨画出它的精神面貌、若干人物的性格、时代的色彩和空气。文笔的简约玄澹尤能传神。"这就是说,《世说新语》能以极细腻生动的细节,毫无顾忌地展现出汉末至晋宋间,社会的大变动所带来的思想感情上的大解放,以及士大夫(名士、知识分子)所追求的理想人生境界,所欣赏的生活方式,所执着的人生态度,所赞美的言谈举止,等等。这都和两汉风气大异其趣,而呈现出崭新的时代风貌。

"竹林七贤"故事的形成

在东晋以前,在各种史书、杂著中虽记有阮籍、嵇康、山涛、刘伶、王戎等等之间的交往,却无"竹林七贤"的故事。戴逵《竹林七贤论》中有一条记载说,由于"竹林七贤"故事在社会上流传起来了,"俗传若此。颍川庾爰之尝以问其伯文康。文康云:中朝所不闻,江左忽有此论,皆好事者为之也。"(庾爰之曾问他的伯父庾亮是否真有这样的事。庾亮说,在西晋时还没有听说过有什么"竹林七贤"的故事,到东晋以后才忽然出现的,大概是好事者编出来的吧!)可见"竹林七贤"的故事在西晋时尚无,到了东晋时才出现,庾亮已指出"竹林七贤"的故事大概是虚构的。《世说新语·伤逝》"王濬冲为尚书令"条注中也引有上面戴逵的那段话。

"竹林七贤"的故事在《世说新语》中见于《任诞》篇:"陈留阮籍、谯国嵇康、河内山涛,三人年皆相比,康年少亚之。预此契者:沛国刘伶、陈留阮咸、河内向秀、琅邪王戎,七人常集于竹林之下,肆意酣畅,故世谓'竹林七贤'。"孙盛《魏氏春秋》中也有大体相同的记载。《世说新语·文学》"袁彦伯作名士传成"条注中,把魏晋名士分为"正始名士""竹林名士"和"中朝名士"。"竹林名士"所列就是"七贤"阮籍、嵇康等七人,袁宏作完《名士传》,把它送给

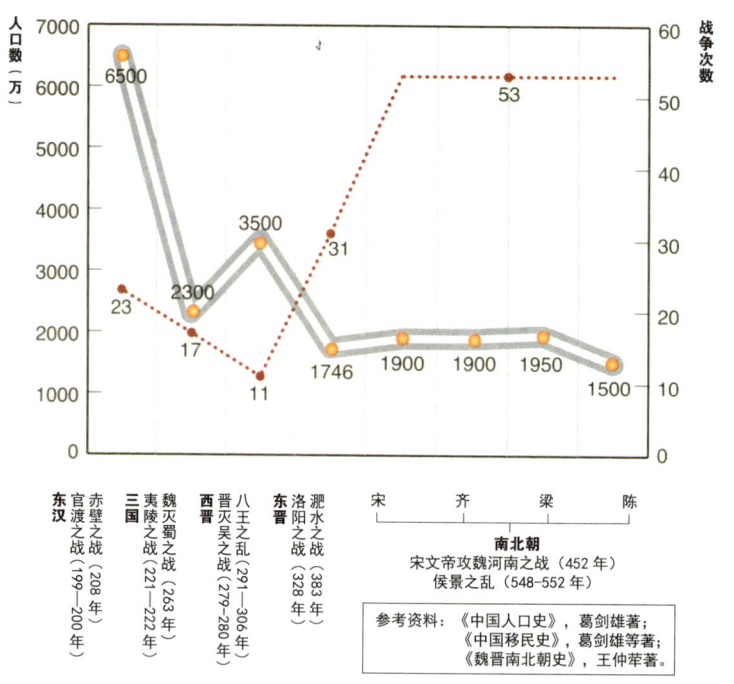

东汉以迄魏晋南北朝战争次数及人口数

谢安看（谢安也是一位大名士，而且是大官，官到"太傅"），谢安笑着向袁宏说：这些故事曾是我和大家说西晋时的故事，开开玩笑说的而已，没想到袁宏把它当真写成书。可见东晋时的一些名士也并没把"竹林七贤"故事当真。据陈寅恪考证，"竹林七贤"故事大概是先有"七贤"之说，因为据说《论语》的作者有七人，有这样一个"七"的数目，所以到汉朝也很注重此类数字游戏，因此会有

"志人小说" 又称为"轶事小说"，指专门记录社会人物，描绘人物言谈举止、逸闻逸事的小说。志人小说具有观赏娱乐的性质，且在六朝清谈之风与品评人物的风气影响下，记录一代名士、士大夫等人物的逸闻，描绘人物的言行，亦有辑录历史琐事等内容，尤其以人物之间的"辞令应对""形容举止"等着墨最为精彩，不仅纪实，更广阔且立体地呈现当时知识分子的精神面貌。志人小说代表作品有：【南朝宋】刘义庆《世说新语》、【唐】刘肃《大唐新语》、【北宋】司马光《涑水纪闻》、【明】李绍文《明世说新语》、【清】吴肃公《明语林》等。

"三君""八厨""八及"等等名目，这无非是名士之间的相互标榜，到两晋后有所谓的"格义"，就又把佛教以外的书来比附某些佛教的思想观念。一直到东晋初年，才又把印度佛教的"竹林"（指释迦牟尼曾居"竹林"）故事加于"七贤"之上。到东晋中叶以后就有袁宏的《竹林名士传》、戴逵的《竹林七贤论》以及孙盛的《魏氏春秋》等等，把"七贤"展开成为"竹林七贤"故事。

陈寅恪对"竹林七贤"故事的考证是很有意思的。据各史书、笔记、小说、杂著可知，阮籍、嵇康、山涛当时确常往来，《世说新语·贤媛》："山公与嵇、阮一面，契若金兰。"《向秀别传》有："（秀）少为同郡山涛所知，又与谯国嵇康、东平吕安友善……常与嵇康偶锻于洛邑，与吕安灌园于山阳。"阮咸为阮籍的侄子，阮籍对儿子阮浑说："阮咸已经加入我们这一伙，你就别加入了。"王戎常和阮籍一起喝酒，时常喝得大醉。刘伶澹默少言，"与阮籍、嵇康相遇，欣然神解，携手入林""著《酒德颂》一篇"这些记载，大概不会全是虚构的。七人或因性格、风貌、行事多有相似之处（如不守礼法、均嗜酒），都相互熟悉，故归为一类而形成故事。

格义佛教 根据《高僧传》："以经中事数，拟配外书，为生解之例，谓之格义。"所谓"格义"，就是援引中国本有的思想概念，去解释佛教思想中的类似概念，以达到消泯隔阂、会通思想的目的。佛学传入中国之初，由于其思维概念皆与中国固有传统有异，而不利于传播，因此佛教徒使以中国经典中的概念解释其思想内涵，使佛学容易为中土之士所理解并接受，以利传播；最常被援引以比附佛经义理的经典为《老子》《庄子》，如西域高僧安世高等人，将佛教的"空""真如""涅槃"分别对译为道家的"无""本无""无为"，又如康僧会在《大安般守意经注》中，将"安般守意"四字解释成"安为清，般为净，守为无，意名为，是清净无为也"。以格义的方式认识佛学，虽有助于初学，但对于佛教原义的深入仍有不足，如以"无"理解"空"是不确切的，自然无法正确且完全地了解、体会佛学义理，因此遭到"先旧格义，于理多违"及"迂而乖本"的批评。

魏晋玄学的主题

汉末由于儒家学说的衰落和老庄道家学说的兴起,而导致魏晋玄学的出现。可以说,魏晋玄学是以老庄(或"易、老、庄"三玄)思想为骨架,从两汉烦琐的儒家经学中解放出来,企图调和"自然"与"名教"的一种特定的思潮。为什么要讨论"自然"与"名教"的关系问题?这是因为汉末儒家的"名教""礼法"等受到破坏,必须要为它找到存在的根据。当时的玄学家认为,老子的"道"也许可以作为"名教"存在的根据,因为老子主张"道法自然","道"以自然为法则,它不是人为的,"道"是自然而然存在的。如果"道"可以成为人为的"名教"存在的根据,那么儒家思想就可以和道家思想统一起来,这样"道"就是"本"(本体),"名教"就是"末"(末有)。袁宏在《名士传》中,把"魏晋玄学"的发展分为三个时期:以何晏、王弼为代表的正始时期(240—249)的玄学;以嵇康、阮籍等七贤为代表的竹林时期(255—262)的玄学;以裴頠、郭象为代表的元康时期(291年前后)的玄学。

▲魏晋时期的铜印与印盒。古时,印章是个人身份的征信,而魏晋之时的铜印或玉印,是以印纽的形制来区别官秩大小。

▲清 苏六朋 《竹林雅集图》。"竹林七贤"代表了魏晋时期隐士冰清玉洁的风范,亦成为后世文人之憧憬。

▲元 刘贯道 《梦蝶图》。魏晋时期崇尚老庄之道，竹林七贤中的向秀便曾注《庄子》。刘贯道的《梦蝶图》取材于"庄周梦蝶"典故，画中庄周于树荫下的凉榻而眠，一旁蝴蝶翩然飞舞。

　　何晏、王弼提出"道"即"自然"的玄学思想。他们认为"道"（宇宙本体）即"自然"，这是根据老子的"道法自然"而来的，宇宙本体是自然存在着的，"名教""礼法"等是人为的东西，应该效法"自然"，这两者应该是统一的，社会才可以成为理想的社会。所以"自然"是"本"，"名教"是末，不能本末倒置。但是，在王弼哲学中存在着一个矛盾，他有时说"举本统末"，根据宇宙

先秦道家思想 以《老子》与《庄子》为代表，两者皆以"道"为学说核心，而此道即为"自然之道"。在《老子》一书中，"道"是天地万物生成的总原理，同时也是现象界所有事物变化的形上根据；但"道"不是具体的事物，《老子》说"道"是不可名且不可形的，因此不能透过感官经验的方式感知。虽然"道"无法碰触，但它却是生成宇宙万物的根源，因此具有创生性，但它又超越于万物之上，故具有超越性，且天地宇宙万物之运行与发展，皆依道之规律而行，因此道亦具支配性。由此可以得知，宇宙万物皆与"道"密切相关，故人生应世的不二法则乃是依循自然之道而行，取消过多的人为造作，便能回到道的境界。《庄子》的道是由《老子》论道发展而来，但《庄子》的道更强调透过个人身、心、灵的体验与精神的提升、转化而到达的一种境界，更着重个人精神主体的自在逍遥。

本体之"自然"来把"名教"等人为的东西统一起来，但有时他又说"举本息末"，要把宇宙本体之"自然"树立起来，把那些人为的违背"自然"的"名教""礼法"排除掉，使人回归到原本的自然而然生活的状态。

我们知道，哲学的发展往往会在哲学思想的论说中发生矛盾，其后哲学家认识到这种矛盾，就想方设法来解决。在何晏、王弼之后出现了两条解决上述矛盾的路线：一条就是以嵇康、阮籍为代表的竹林派玄学家，他们提出"越名教而任自然"，只有超越"名教"才可以真正地"任自然"，即要放弃那些束缚人的"名

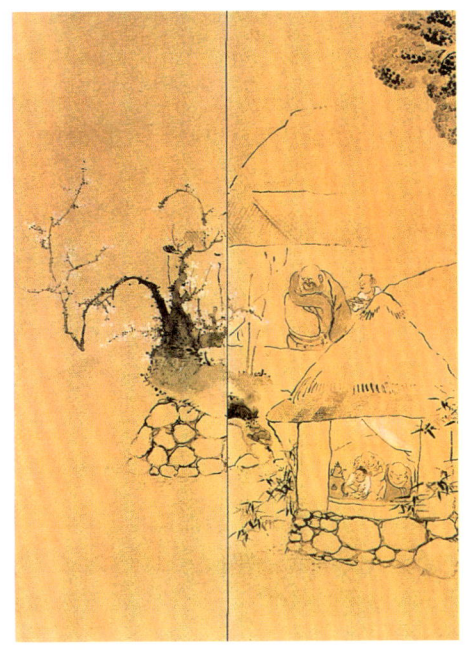

◀ 日本 池大雅 《东林拜访图》（屏风画）。此画描绘陶渊明和道士陆修静一同前往拜访慧远法师的情景。于画中，陶渊明为儒生代表，陆修静为道家代表，慧远法师为佛教代表，融合了儒、释、道三教合一的观念。

儒家的"礼教" 即以礼为教，它将伦理与政治二者密切地结合在一起。宗法礼制是礼教的起源，孔子根据西周时代的礼制，因时损益，进一步发展礼制的理论，将礼的制度与理论结合，奠定儒家礼教的基础，并将人类社会生活的所有内容都以礼教统摄，一切皆以礼教为准则。礼教的意义，首先在于透过典章制度的规范，使人能够对自己的欲求有所节制，调节人们的言行，进行道德修养，达到和谐的状态。然而，当礼教在不断地因袭之后，其精神内涵被后人忘却，仅留下制度仪式时，便失去其最重要的意义，且无法因时制宜，成为一种束缚与控制，反而沦为执政者及有心人的工具，为害甚矣。魏晋南北朝则因政治因素与道家、道教、佛教的影响，多有反对礼教之声浪，使得礼教面临挑战。唐代由于玄宗推崇《孝经》，则再度开始重视礼教。从宋代到明中叶，因为宋明理学家的强力推崇与发展，使得儒家思想再度兴盛。但明中叶以降，渐有重视个人自然性情的思想兴起，礼教再度遭到挑战。清代则以调和礼教与个人性情的学说思想为主流。

教"和虚伪的"礼法",才可以使人们自然而然地按照人的本性为人处世,可以说他们是沿着王弼"举本息末"的思想发展起来的。另一条是裴頠的路线,他认为有社会的存在就要解决人与人之间的关系,这样就要有一套礼仪制度来规范人们的行为,这就要有"名教""礼法"等等。因此,他对否定"名教""礼法"的思想进行了批判。其后又有郭象认为,"自然"和"名教"并非对立,是可以统一的,因为理想的社会可以是"即世间又出世间"(生活在现实的社会里,但在精神上可达到超越的境界),就是说,社会可以而且应该有"名教""礼法"礼仪制度,人们可以去适应它,但在精神上却应该超越它。所以圣人应该可以做到"身在庙堂之上,然其心无异于山林之中"。意思就是,你可以做官任职,但你的精神境界不要为这种"名誉""地位""荣誉"等束缚住,也就是说,为了维持社会的安宁、稳定,人可以遵守"名教""礼法",但在精神上却要超越它,应该和宇宙本体之"自然"相通,因为"名教""礼法"是暂时性的,理想的精神境界才是终极性的。可是"名教"也是不能被忽略的,因此我们要了解魏晋玄学的发展,就是要解决"自然"与"名教"之间的矛盾,"竹林七贤"只是魏晋玄学发展中的一个环节,我们必须放在一个历史发展过程中来了解它的意义。

◀元 王蒙 《葛稚川移居图》(局部)。《葛稚川移居图》主要描绘道士葛洪携家移居罗浮山修道的场景。汉末儒家衰落,老庄道学兴起,葛洪便是晋时道家人物的代表。

"越名教而任自然"的风度

宗白华在《论〈世说新语〉和晋人的美》中说:"汉末魏晋六朝是中国政治上最混乱、社会上最痛苦的时代,然而却是精神上极自由、极解放、最富智慧、最浓于热情的时代。""极自由、极解放、最智慧、最浓于热情",所说的大概就是"魏晋风度",而"七贤风度"应是"魏晋风度"的集中体现。"七贤风度"既表现在他们的性情、气质、才华、格调等内在的精神面貌上,也表现在他们的言谈、举止、音容、笑貌等外在风貌上。"七贤风度"可以说在中国历史上"前无古人,后无来者",这种"风度"是魏晋的时代产物,也只能为"七贤"的特质性情、人格所造成。这种"风度"主要表现在他们的"越名教而任自然"上。

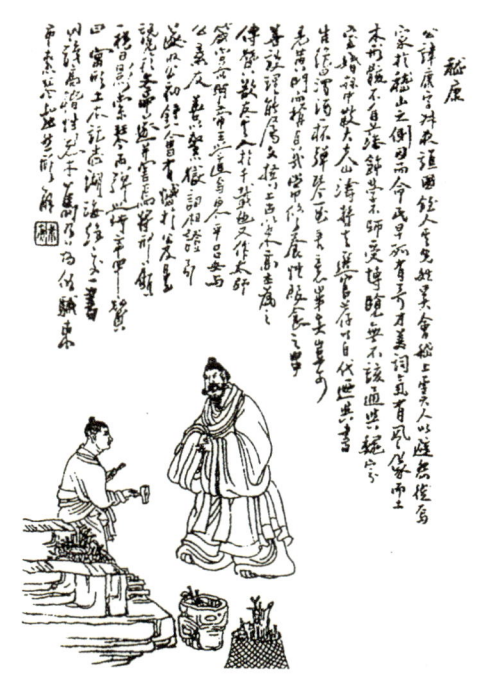

▲《于越先贤传》中钟会访嵇康版画,作者应为任熊。

汤一介引读《世说新语》—— 013

"越名教而任自然"一语见于嵇康《释私论》中。嵇康、阮籍反对当时的所谓"名教",所谓"名教"是"名分教化"的意思,指维护当时皇权统治"三纪六纪"的等级名分,也就是说主要是维护自汉以来皇权统治的"礼教"。至东汉,"礼教"已经为世人识破,当时有歌谣说:"举秀才,不知书;举孝廉,父别居;寒素清白浊如泥;高弟良将怯如鸡。"所谓"任自然"从"竹林七贤"的言谈举止看,是指"任凭自然本性"或说"任凭其心性的自然情感"。用今天的话说,就是要求自由自在地抒发自己内在的情感,而不受虚伪礼教的束缚。

曹魏政权虽在政治和经济上有所改革,但并没能阻止当时世家大族势力的发展。司马氏作为世家大族政治势力的代表,这个政权所赖以支持的集团势力一开始就十分腐败,当时就有人说这个集团极为凶残、险毒、奢侈、荒淫,说他们所影响的风气"侈汏之害,甚于天灾"(奢侈浪费腐化的风气,对社会来说比天灾还严重),可是他们却以崇尚"名教"相标榜。在嵇康、阮籍看来,当时的社会中"名教"已成为诛杀异己、追名逐利的工具,成了"天下残贼、乱危、死亡之术"。那些所谓崇尚"名教"的士人"外易其貌,内隐其情,怀欲以求多,诈伪以要名"(外表道貌岸然,内里藏着卑鄙的感情,欲望无止境,而以欺诈伪装来追求名誉)。为反对这种虚伪的"名教",在《世说新语》中记载了一些"七贤"的"恣情任性",豪放自己内在的真实感情、任凭自己的自然本性的发挥,以超越"名教"的束缚(越名教)的言行。

嵇康《释私论》作于三国魏齐王嘉平五年(253),时年三十岁。本文提出"越名教而任自然"的重要概念,后人多以此为正始时期的思想特色。"释"既有"解释"之意,亦有"去除"之意,"私"则指"隐匿真情"。"释私",一方面是解释"私"的含义,一方面强调要去除"隐匿真情"的行为。嵇康认为,在"君子"的心中并没有绝对的是非对错,一切以"道"为行为之准则,因此能"无心"于物,故能"越名教而任自然",达到超越名教束缚、顺任自然的境界。而公与私的标准在于是否隐匿,而不在于是非善恶,如心存善念而隐匿其情者,仍属于私,若欲伐善而显露其意者,则属于公。由此分别了"公私之理"与"是非之理",以求能够"善以尽善,非以尽非"。更进一步推论出世事有"似非而非非,类是而非是"的现象,说明看似错误者并非真的有过,类似正确者其实并不正确,因此必须谨慎观察是非对错,以免被包装的表象所蒙蔽。由此说明"公私之理",并抨击被包装后的虚伪礼教,希望存私者能改过,达到心地坦荡、言行无有隐匿的状态,便能成为"显情无措""越名教而任自然"的君子。

阮籍、王戎、刘伶

关于阮籍遭母丧的故事，在《世说新语·任诞》中有三段记载，其一说：阮籍的母亲去世，他完全不顾世俗的常规礼仪，蒸了一条肥猪腿吃，又喝了两斗酒。然后临穴，举声痛号大哭，吐血数升，废顿良久（身体很长时间恢复不过来）。按照所谓的"名教"，临父母丧事，子女是不能吃肉喝酒的，而阮籍全然不顾。照阮籍看，临丧不吃肉喝酒只是表面形式，与阮籍内心的这种椎心泣血真情的悲恸毫不相干。阮籍对母亲的丧事表现了他对母亲真正的"孝心"和深深的"感情"，所以孙盛《魏氏春秋》说："籍性至孝，居丧虽不率常礼，而毁几灭性。"（阮籍的性情是非常孝顺的，虽然丧母没有遵守常礼，实际上悲痛得伤了身体。）有

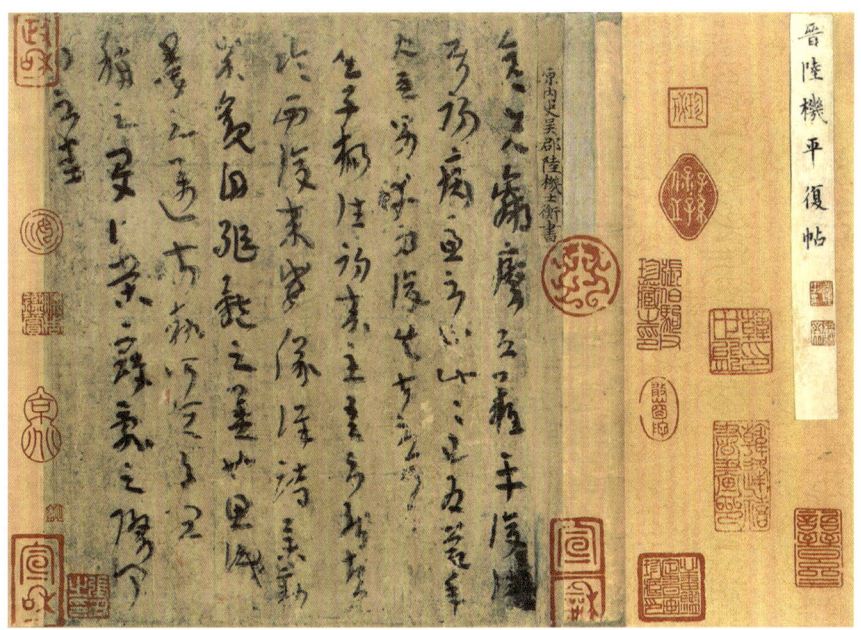

▲晋 陆机《平复帖》。《平复帖》约写于一千七百多年前，陆机是西晋太康时期著名文学家。其文章讲求对偶、用典繁复，开骈文之先河。《平复帖》笔锋朴质淡雅，别具美感。

晋 顾恺之 《洛神赋图》（局部）。顾恺之的《洛神赋图》取材自曹植的《洛神赋》一文，描绘曹植与洛水女神于洛水相遇、别离的场景。画中曹植宽袖大袍，微敞胸襟，正是魏晋之时名士衣着。又魏晋时期讲究文人之美，曹植与策士邯郸淳相见时，先取水沐浴，又敷粉，接着胡舞击剑，可看出当时名士对于姿容之讲究。

 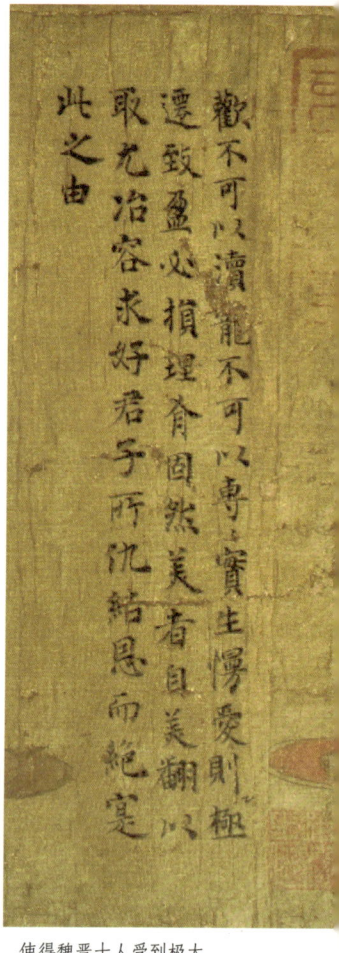

▲ 唐 阎立本《历代帝王图》（局部）。图为晋武帝司马炎。司马炎的集权专制思想，使得魏晋士人受到极大的压迫。

一次阮籍的嫂嫂即将回家，阮籍就去与她告别，遭到别人讥笑，因为这样做是违背常礼的，《礼记·曲礼》中说，"嫂叔不通问"，于是阮籍干脆公开宣称："礼岂为我辈设邪！"阮籍敢于去与其嫂告别，表现出可贵的亲情和对女性的尊重，同时也表现了他对虚伪礼教的蔑视。这正是"七贤"的坦荡"任自然性情"的精神。

"七贤"中的另一位名士王戎，据《世说新语·德行》记载，王戎和另外一"名士"和峤同时遭遇丧母，都被称为"孝子"。王戎照样饮酒食肉，看别人下棋，不拘礼法制度，其实王戎悲恸得瘦如鸡骨，要挂手杖才能站起来。然而和峤

▲ 晋　顾恺之　《女史箴图》（局部）。顾恺之根据张华的《女史箴》原文作画，是为《女史箴图》，有教育妇女遵循礼制典范之意。

哭泣，一切按照礼数。晋武帝向刘毅说："你和王戎、和峤常见面，我听说和峤悲痛完全按礼数行事，真让人担忧。"刘毅向武帝说："虽然和峤一切按照礼数，但他神气不损；而王戎没有按照礼数守丧事，可是他的悲痛使他骨瘦如柴。我认为和峤守孝是做给别人看的；而王戎却真的对死去的母亲有着深情的孝子之心。"一个"虽不备礼，而哀毁骨立"，一个是"哭泣备礼"而"神气不损"，究竟谁是假孝，谁是悲痛欲绝；谁是装模作样，谁是孝子的真情，不是一目了然了吗？

据《晋书·刘伶传》说："刘伶……放情肆志……澹默少言，不妄交游，与阮籍、

▲ 唐 孙位 《高逸图》。孙位为唐末时期画家，元人曾誉他的画作为"蜀中山水、人物，皆以孙位为师"，可见孙位于画史地位之高。这幅《高逸图》以竹林七贤为题材，但现今画上仅存山涛、王戎、刘伶、阮籍（由右至左）四人，嵇康、向秀、阮咸的部分则已经遗失。

◀ 西晋青釉镂空熏炉。魏晋名士喜熏香，何晏、荀彧、韩寿皆为一例。《太平御览》载"荀令君至人家，坐处三日香"。因荀彧好熏香，身上常有香气，至友人处拜访，香味竟余留三日。

嵇康相遇，欣然神解，携手入林。"（刘伶感情豪放，以自己的意愿行事，澹默少言，不随便和人交往，可是和阮籍、嵇康在一起时，精神一下子就来了，拉着手到树林去喝酒了。）可见刘伶也是一位有玄心超世越俗的大名士。《世说新语·任诞》中描述刘伶常常不穿衣裤，裸露身体，在他的屋子里狂饮美酒。有人进到他的屋中，看到如此形象的刘伶，就对他讥笑讽刺。然而刘伶却说："我是把天地作为我房子的屋架，把屋子的四壁作为我的衣裤，你们怎么进到我的衣裤里了呢！"此语虽近似开玩笑，却十分生动地表达了刘伶放达的胸怀和对束缚人们真实性情的礼法的痛恨。这则故事是不是有什么来源呢？它很可能与阮籍的《大人先生传》中的一段话有关。阮籍用虱子处于人的裤裆之中做比喻，虱子住在裤裆之中自以为很安全、惬意，因此不敢离开裤裆生活，饿了就咬人一口，觉得可以有吃不尽的食物。可当裤子被烧，虱子在裤裆中是逃不出的。阮籍认为，那些为"名教"所束缚的"君子"，不就像是虱子在裤裆中生活一样吗？阮籍认为，那些伪君子"坐制礼法，束缚下民"，去制定并死守那些礼法，用礼法来束缚老百姓。

汤一介引读《世说新语》

魏晋名士的配备

周卓翰 绘

①酒
魏晋名士极爱喝酒,动辄数升,他们喝的是一种以稻米酿制成的黄酒,酒精含量低,类似于今日的绍兴酒。刘伶平生嗜酒,著有《酒德颂》;阮籍曾为了喝美酒而去当官;阮咸甚至跟猪一起共饮。

②宽袍大袖
魏晋名士的服装讲求舒适飘逸,他们喜欢穿着宽袍大袖。又因为服食五石散后,全身发热,所以会披半透明的薄纱以散热。由于皮肤变得细嫩敏感,所以名士们不喜欢洗澡换衣服,身上常有虱子。

③大口裤
当时的裤子裤管特别肥大,称为"大口裤"。

022 ——真名士,自风流

④ 笼冠
魏晋时的主要帽饰是笼冠，以黑漆细纱制成，平顶，两边有耳垂下。

⑤ 木屐
服食五石散后，皮肤容易磨破，所以魏晋名士流行穿木屐。谢安听到淝水之战的捷报后，高兴得撞断了木屐的屐齿；而性情急躁的王蓝田，夹不起鸡蛋竟气得用木屐去踩。

⑥ 敷粉熏香
魏晋名士非常注重容貌打扮，还会在脸上搽粉，身上熏香。大富豪石崇家里的厕所备有甲煎粉、沉香汁等香料，还有婢女帮忙更衣，让宾客如厕后可以焕然一新。

⑦ 扇子
魏晋名士喜欢手持扇子，也流行在扇子上题字作画馈赠亲友。谢安为了帮助卖蒲扇的朋友，就自己拿了一把蒲扇，随时拿出来使用，十分潇洒。结果引起人们争相购买、效仿。

炼丹
魏晋时代名士喜爱服食丹药，道士葛洪著有《抱朴子》一书，教人如何炼仙丹：首先要找到一座名山，斋戒沐浴后，祭拜神灵，再依照秘方把药土置于釜中，生火烧炼多日。

米饭汤饼
当时的主食有米饭、豆粥及汤饼（面条）。殷仲每餐吃五碗饭，连掉出来的饭粒都要捡吃干净。魏明帝曾请何晏吃热腾腾的汤饼，以测试他脸上有没有搽粉。

五石散
由石钟乳、紫石英、白石英、石硫黄、赤石脂五味石药合成的一种散剂，有毒品和春药的效果，服后身体燥热，需要"行散"。长期服用，皮肤便会变得白嫩细腻。

古琴
亦称瑶琴，是中国最古老的弹拨乐器。嵇康、阮籍都是抚琴的名家。据说嵇康在临死前，弹奏完一曲《广陵散》后才从容赴死。

麈尾
麈尾是用大鹿的尾毛制成的，是魏晋名士清谈时的重要道具。孙盛与殷浩有一次在饭桌上清谈辩论，彼此大甩麈尾，结果毛都掉到饭里了，最后连饭也没吃成。

围棋
建安七子与竹林七贤都喜欢下围棋，名士聚会时，常以此为戏。阮籍在下围棋的时候，听闻母亲的死讯，还是坚持下完一局才回去奔丧。

对名教进行严厉批判

为什么阮籍、嵇康那么痛恨"名教"？这是因为他们不仅对"名教"的虚伪面貌已有清醒的认识，而且洞察到"名教"本身对人的本性的残害。阮籍、嵇康认为，人类社会本应如"自然"（指"天地"）般运行，是一有秩序的和谐整体，但是后来的专制政治破坏了应有的自然秩序，扰乱了和谐，违背了"自然"的常态，造出人为的"名教"，致使其与"自然"对立。嵇康在《太师箴》中说："季世陵迟，继体承资。凭尊恃势，不友不师。宰割天下，以奉其私。故君位益侈，臣路生心，竭智谋国，不吝灰沉。赏罚虽存，莫劝莫禁。若乃骄盈肆志，阻兵擅权，矜威纵虐，祸蒙丘山。刑本惩暴，今以胁贤。昔为天下，今为一身。下疾其上，

◀ 魏晋名士由于常服五石散，以至于皮肤较薄，若穿洗好熨好的新衣容易磨破皮肤，因此许多名士爱穿薄纱旧衣。图为出土的魏晋铜熨斗。

◀ 魏晋时，统治者对于礼教规范严格，尤其恪守礼制丧制，阮籍便曾因母丧不守丧制而遭非议。图为"二十四孝"中"王裒闻雷泣墓"画。王裒是晋文帝时期人，侍母极孝。其母生前怕雷声，王裒每闻雷声，即奔墓前，拜泣告曰："裒在此，母勿惧。"

▲《竹林七贤与荣启期画像砖》拓片（局部）。《竹林七贤与荣启期画像砖》为南朝流传下来的砖画，亦是最早描绘竹林七贤的作品。画中七贤与荣启期并坐，虽为不同时期人物，但有以七贤譬喻荣启期之意。

君猜其臣。丧乱弥多，国乃陨颠。"（上古以后社会越来越坏了，把家族的统治确立起来，凭着尊贵的地位和强势，不尊重其他的人，宰割鱼肉天下的老百姓，来为他们统治集团谋取私利。这样君主在位奢侈腐败，臣下对之以二心。这个利益集团用尽心思不惜一切地占有国家财富，虽有赏罚制度，然而却无法好好实行，也没能禁止犯法。以至于专横跋扈、一意孤行，用兵权控制政权，逞威风、纵容为非作歹，其对社会的祸害比压在我们头上的大山还重。刑罚本来是为了惩罚作恶的，可是现在成了残害好人的东西。过去治理社会是为天下的老百姓，而今天却把掌握的政权作为他个人谋私利的工具。下级憎恨上级，君主猜忌他的臣下。这样丧乱必定一天天多起来，国家哪会不亡呢？）

在阮籍的《大人先生传》中，对现实社会政治的批判同样深刻。他在《大人先生传》中说："今汝尊贤以相高，竞能以相尚，争势以相君，宠贵以加加，趋

▲魏晋画像砖墓出土的贵族出行仪仗图。此砖画反映魏晋时贵族骑马出行，侍从簇拥、声势烜赫的模样，也反映出北方贵族仍以骑从为主。

天下以趣之，此所以上下相残也。竭天地万物之至，以奉声色无穷之欲，此非所以养百姓也。于是惧民之知其然，故重赏以喜之，严刑以威之。财匮而赏不供，刑尽而罚不行，乃始有亡国、戮君、溃败之祸。此非汝君子之为乎？汝君子之礼法，诚天下残贼、乱危、死亡之术耳！而乃目以为美行不易之道，不亦过乎？"
（你们那些"君子贤人"呀，争夺高高的位置，夸耀自己的才能，用权势凌驾在别人上面，高贵了还要更加高贵，把天下国家作为争夺的对象，这样哪能不上下互相残害呢？你们把天下的东西都据为己有，供给你们无穷的贪欲，这哪里是养育老百姓呢？这样，就不能不怕老百姓了解你们的这些真实情形，你们想用奖赏来诱骗他们，用严刑来威胁他们。可是，你们哪里有那么多东西来奖赏呀，刑罚用尽了也很难有什么效果，于是就出现了国亡君死的局面。这不就是你们这些所谓君子的所作所为吗？你们这些伪君子所提倡的礼法，实际上是残害天下老百姓、使社会混乱、使大家都死无葬身之地的把戏。可是你们还要把这套把戏说成是美德善行，是不可改变的放之四海而皆准的道理，这难道不太过分了吗？）

恣情任性，得失不放心上

在阮籍、嵇康等看来，这样的社会政治当然和有序、和谐的"自然"相矛盾，因此他们在"崇尚自然"的同时，对"名教"做了大力的批判。在他们看来，所谓"名教"是有违"天地之本""万物之性"的，而"仁义务于理伪，非养真之要术，廉让生于争夺，非自然之所出也"（在他们看来，那些伪君子把仁义作为掩盖虚伪的工具，并不是养真的方法；所谓廉让是因为产生了争夺，这些都是违背自然的）。这种人为的"名教"只会伤害人的本性，败坏人们的德行，破坏人和自然的和谐关系。由此，嵇、阮发出"越名教而任自然"的呼声。

▲魏晋时期的名刺。名刺即今天的名片。图中名刺写着"弟子高荣每年问起居沛国相字万缩"字样，"高荣"是名刺主人的姓名，"沛国相"则是其官职。

《世说新语·任诞》"阮籍遭母丧"条,刘孝标注引干宝《晋纪》曰:"何曾尝谓阮籍曰:'卿恣情任性,败俗之人也。今忠贤执政,综核名实,若卿之徒,何可长也?'复言之于太祖,籍饮啖不辍。"何曾是崇尚"名教"的"礼法之士",在晋文王清客座中,指责阮籍"恣情任性",是伤风败俗的人,现在忠臣贤相执政,一切都有条有理。阮籍听着,不屑一顾,全不理会,照样"神色自若",不停地酣饮,表现出对何曾的蔑视。"恣情任性"正是"七贤"最重要的"风度"。所谓"恣情任性",即为人处世重要的是在于任凭自己内在性情,而不受外在"礼法"的条条框框的束缚,"恣情任性"正是"越名教而任自然"的一种表现。嵇康有篇《释私论》也讨论到这个问题。他说:"夫称君子者,心无措乎是非(指

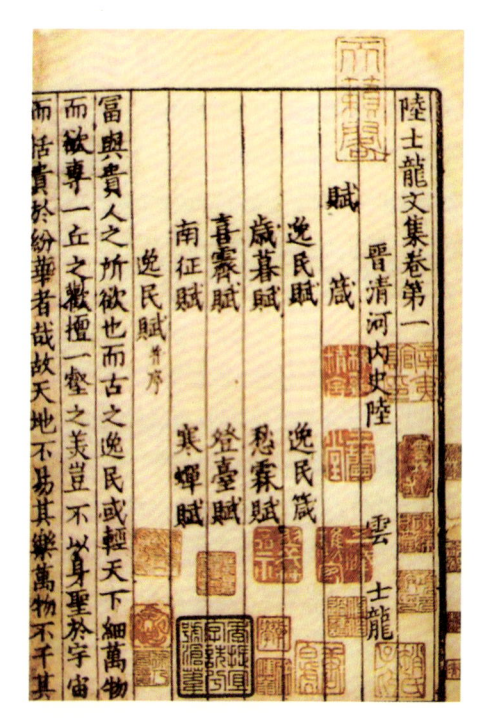

◀ 晋 陆云 《陆士龙文集》。陆云为西晋名士陆机之弟,与其兄并称为"二陆"。晋太康年间,以诗闻名的有"三张二陆、两潘一左","二陆"即是指陆机、陆云。

内在的心意,不把外在是非得失放在心上),而行不违乎道者也。何以言之?夫气静神虚者,心不存于矜尚;体亮心达者,情不系于所欲。矜尚不存乎心,故能越名教而任自然;情不系于所欲,故能审贵贱而通物情。物情顺通,故大无违;越名任心,故是非无措也。是故言君子则以无措为主,以通物为美。言小人则以匿情为非,以违道为阙。何者?匿情矜吝,小人之至恶;虚心无措,君子之笃行。"(真正可以称得上君子的人,内在的心性并不关注是非得失,可是他的行为是不违背大道的。)

为什么这样说呢?神气虚静的人,他的心思不放在外在的是非得失之上(按:指不执着外在的东西,如名誉、地位、礼俗等)。对于胸襟坦荡的人来说,是非得失不会对自己的心性有什么影响,那么就可以超越名教的束缚,而按照自己的自然性情生活。情感不被外在的欲望所蒙蔽,那才能了解什么是好、什么是坏,才可以对天地万物有真正的认知。能够通达天地万物的实情,这样就可以和"大道"合而为一。真君子必须能超越虚伪的名教,任乎自然之真性情,因为外在的是非得失不关乎心性。因此说到君子,是以不把外在的事情(如名誉、地位、礼俗)放在心上,这才是根本,要把内心的真性情放在天地万物上(指与宇宙合为一体)。

小人总是隐瞒真实的情感,这是违背自然本性的。隐瞒自己的感情、念念不忘私利,是最坏的小人;不把外在的利害得失放在心上,一任真情,是君子所应实实在在做到的。君子应该不把外在的名誉、地位、礼法等等放在心上,而是一任真情地为人行事;要敢于把自己的自然本性显露出来,不要顾及外在的是是非非,这样一方面可以"越名教而任自然",另一方面又可以达到与天地万物为一体的"自然"境界。说明所谓"七贤风度"就是要把释放人的自然性情放在首位。

▲清 华嵒《金谷园图》。此图描绘西晋富豪石崇在金谷园中与歌妓绿珠吹箫寻欢的场面。《世说新语·汰侈》："石崇与王恺争豪，并穷绮丽以饰舆服。武帝，恺之甥也，每助恺。尝以一珊瑚树高二尺许赐恺，枝柯扶疏，世罕其比。恺以示崇，崇视讫，以铁如意击之，应手而碎。恺既惋惜，又以为疾己之宝，声色甚厉。崇曰："不足恨，今还卿。"乃命左右悉取珊瑚树，有三尺、四尺，条干绝世，光彩溢目者六七枚，如恺许比甚众。恺惘然自失。"其富可见一斑。

030 —— 真名士，自风流

情不系于所欲

《世说新语·简傲》中载："嵇康与吕安善，每一相思，千里命驾。"嵇康与吕安最为要好，每次想念他，就驾车前去看望。阮籍"时率意独驾，不由径路，车迹所穷，辄恸哭而反"（《晋书·阮籍传》），意思是阮籍有时凭自己的心意，独自驾车外出，并不考虑有没有可行车的道路，直到无路可走，才痛哭而返。嵇康驾车千里寻友，虽有目的，而完全是"恣情任性"，表现了嵇康对吕安的真实感情。故该条有刘孝标注引干宝《晋纪》："初，安之交康也，其相思则率尔命驾。"为什么嵇康要驾车千里访吕安？这是因为吕安和嵇康一样是"恣情任性"不顾礼法的大名士。嵇康的哥哥嵇喜是个做大官的礼法之士。有一次，吕安访嵇康家，嵇康不在，嵇喜迎接了，吕安根本不理睬嵇喜，而在门上写了个"凤"字就走了。嵇喜很高兴，以为说他是凤凰呢！殊不知吕安说嵇喜是凡鸟（《世说新语·简傲》）。又有一次，吕安要从嵇康家离开，嵇喜设席为吕安送行，吕安独坐车中，不赴席。但是嵇康的母亲为嵇康炒了几个菜，备了酒，让嵇康和吕安一起吃菜喝酒，吕安尽欢"良久则去"。干宝《晋纪》据此事，说吕安"轻贵如此"（看不起大官到如此地步）。阮籍尝"率意独驾"与嵇康的"千里命驾"形式上相同，但目的不一样，嵇康是有目的地去访吕安，而阮籍是无目的地发泄胸中郁闷，所以他驾车跑到无路可走的地方，兴尽痛哭而回，这可以说是"情不系于所欲"（放纵自己的情感并没有什么具体目的）。

盖魏晋之世，天下多变，真正有理想、有抱负的名士，往往不得善终。阮籍有见于此，痛苦至极，而又无法改变现状，故而有此"率意独驾"之举。

▲唐 韩幹 《神骏图》。《神骏图》取材自近代高僧支遁爱马的故事。有人赠予支遁五十两黄金及骏马一匹，支遁将黄金送了人、马匹却留下来，他人问支遁为何不将黄金留下而将马送人，支遁笑曰："贫僧爱其神骏。"相当有魏晋名士的风度。

七贤与酒

在古今历史上，常有"借酒浇愁"之事。"竹林七贤"多是好酒如命的名士。他们并不是为个人的私事而酣饮消愁，而是因生不遇时，无法实现他们的理想和抱负而"借酒浇愁"，且同时也表现了他们豪迈放达之性格。《晋书·阮籍传》中说："籍本有济世志，属魏晋之际，天下多故，名士少有全者，籍由是不与世事，遂酣饮为常。"（阮籍本来有改变社会政治现实的愿望，但是在魏晋之际，社会政治变化无常，许多有志之士常遭受残害，于是阮籍只得远离政治斗争，用大量饮酒来消愁吧。）

《世说新语·任诞》中说："步兵校尉缺，厨中有贮酒数百斛，阮籍乃求为步兵校尉。"刘孝标注引《文士传》说得比较具体："籍放诞有傲世情，不乐仕宦。晋文帝亲爱籍，恒与谈戏，任其所欲，不迫以职事。籍常从容曰：'平生曾游东平，

乐其土风,愿得为东平太守。'文帝说从其意。籍便骑驴径到郡,皆坏府舍诸壁障,使内外相望,然后教令清宁。十余日,便复骑驴去。后闻步兵厨中有酒三百斛,忻然求为校尉。于是入府舍,与刘伶酣饮。"(阮籍豪放任性,有傲世的性情,不喜欢做官。晋文帝对他很尊重,常常和阮籍谈话说笑,听任他做喜欢的事,不强迫阮籍做官。有一次阮籍很轻描淡写地对晋文帝说:我曾去东平游玩过,对那里的风土人情很喜欢,想到那里去做官。文帝很高兴,答应了阮籍的要求。阮籍于是骑着驴子就上任了。到太守府后,首先就把衙门的前后壁打通,使外面能看到衙门内的事情。十来天后又骑驴子走了。后来听说步兵营的厨房中有酒三百斛,又很高兴地要求去当步兵校尉,一到校尉府中,就和刘伶酣饮起来。)又《竹林

中国古代文人与酒的关系密切 著名文人多有引觞赋诗之作,而酒对于中国文人来说,最普遍亦最重要的作用之一,就是在仕途坎坷、生活困苦、时序变换等种种悲伤与忧愁中,由于苦痛无法排解,因此借由饮酒加以消愁解忧,以求得一时的解脱。如刘伶《酒德颂》言:"止则操卮执觚,动则挈榼提壶,惟酒是务,焉知其余。"陶渊明则有《饮酒》诗二十首,杜甫更作《饮中八仙歌》。酒的另一个作用,便是对酒当歌,为文人激发豪情、抒发情志,在作品中呈现一种壮阔纵横之气象,令人向往,如辛弃疾《破阵子·为陈同甫赋壮词以寄之》云,"醉里挑灯看剑,梦回吹角连营",使人壮志激昂,豪情遄飞。

汤一介引读《世说新语》—— 033

▲ 清 黄慎 《炼丹图》。炼丹是道教信仰的一环，魏晋时期名士因崇尚老庄思想，除饮酒、清谈之外，亦炼丹服食。

▲ 晋代鸡首瓷壶酒具。《世说新语·任诞》载："步兵校尉缺，厨中有贮酒数百斛，阮籍乃求为步兵校尉。"讲的便是阮籍借酒表达其放达精神的事情。

七贤论》中说："籍与伶共饮步兵厨中，并醉而死。"此当非事实。因为阮籍是魏景元四年（263）去世，而刘伶在晋泰始（265—274）时尚在世。"太守"是大官，阮籍去就此职，是因为东平有山水名胜，且民风淳朴，他就任之后，把衙门的前后墙壁都打通，是要让在外面的老百姓能看到衙门内的事情，然后他的行政教令使社会清静安宁，只在东平待了十余日，就弃官骑驴走了。这真是乘兴而来兴尽而去了。步兵校尉虽只是个小官，但那里的厨房有大量的美酒，阮籍很高兴地要求去就任，并和刘伶一起酣饮。阮籍的"任性"放达真是超凡脱俗而成酒仙了。

刘伶也是酷爱自由、嗜酒如命的"七贤"之一，《晋书·刘伶传》说："（伶）初不以家产有无介意，常乘鹿车，携一壶酒，使人荷锸而随之，谓曰：'死便埋我。'其遗形骸如此。"（刘伶起初不以有无家产为意，常常坐着一辆鹿拉的车，提着一壶酒，让随从的人拿着一把锄头，并对随从的人说："如果我醉死了，你们把我就地埋了吧。"刘伶就是对其外在的身体一点都不看重。）这是由于他看重的是其内在的放达精神。刘伶写了一篇《酒德颂》，大意是说：大人先生认识到人的一生，比起无限的时间、无边的空间来说，是短暂而渺小的，如果能把自己的生命看成是和天地一样宽阔、把无尽的时间视为一瞬间，把狂放豪饮看成是"无思无虑，其乐陶陶"的事，能自由自在快活过一生，比起你们那些一生专守礼法之士"陈说礼法"，

◀ 明 张鹏《渊明醉归图》。此画描绘陶渊明酒醉，由身旁的侍童搀扶归家。魏晋时期因政治压迫，士人有志难伸，因此常借酒消愁，同时亦表现他们豪放的性格。

▲晋 王羲之《兰亭集序》。《兰亭集序》是王羲之与友人在兰亭聚会饮酒作乐后，趁着醉意与诗兴写下的名帖，笔风洒脱自然，很能表现魏晋名士"恣情"的风度。

追名逐利、钩心斗角，谁更快乐呢？我们就此可感受到"七贤名士"的"放达"精神之可爱了。刘伶还有一个故事，《世说新语·任诞》中描述刘伶太想喝酒，请他的妻子给他点酒喝。可他的妻子把酒倒掉，酒壶摔碎掉，哭着对刘伶说："你喝酒太多，有伤身体，不是养生之道，快戒酒吧！"刘伶说："好呀！但是我自己没有能力戒酒，要向神鬼祷告求助，向他们发誓戒酒才行。"这样就得有酒有肉来祭祀鬼神。于是他的妻子置办了酒肉于鬼神牌位前面，让刘伶发誓戒酒，于是刘伶跪着向神位发誓说："天生刘伶嗜酒如命，一饮一斛，五斗酒下肚可以解我的嗜酒之病。"于是酣饮大吃，醉得像土石一样。

这些"七贤"酣饮的故事说明了，处于世事昏乱之时，这批名士无力改变现状，所以追求精神上的自由愉悦。正如嵇康在《难自然好学论》中所说："六经以抑引为主，人性以从欲为欢。抑引则违其愿，从欲则得自然。然则自然之得，不由抑引之六经；全性之本，不须犯情之礼律。"（古来那些经典对人们来说，其目的是要压制和引导，然而人之本性所追求的则是以顺应其性情为快乐。引导和压制是违背人的意愿的，放任其性情才是顺乎自然的。追求顺应自然的本性才是根本，因而不需要侵犯人性情的礼法之类的东西。）"七贤"之饮酒"恣情任性"是要求摆脱虚伪"礼法"之束缚，而求任自然性情，这正是"七贤风度"。

这天，与阮籍谈谈天……

马可李奇 绘

竹林七贤的阮籍曾经和王浑（王戎之父）说："濬冲清赏，非卿伦也。共卿言，不如共阿戎谈。"阮籍是先认识王浑的，却与小自己二十岁的王戎更为投缘，两人成为忘年之交，一起清谈、一样过着放达式的生活。

魏晋名士流行清谈，这是那时知识分子之间的重要社交活动，当中不乏"谈话高手"，如嵇康"善谈理，又能属文"、王戎"善发谈端"。清谈的形式有一人主讲，亦有两人辩论，多人围坐参与。流行话题以玄学为主，但在不同的年代亦有所不同：正始时期（240—249）流行谈老、易玄学、圣人"有情无情"等问题。在竹林七贤活跃的时代（约249—254），尤其喜欢谈论《庄子》，如阮籍"博贤群籍，尤好《庄》《老》"、向秀"雅

好老庄之学"。

在唐孙位所绘的《高逸图》中,我们看到了山涛、王戎、刘伶、阮籍坐在华丽的花毯上:王戎一副侃侃而谈的样子,阮籍则手持麈尾悠然自得的模样。麈尾是名士在清谈中常备的风雅器物,取自麋鹿尾毛,兼具散热与拂尘的功用。余嘉锡注《世说新语·言语》写道:"尾有四柄,此即魏、晋人清谈所挥之。其形如羽扇,柄之左右傅以尾之毫。"持麈尾的人代表了其出色的清谈能力,而后世把麈尾视为清谈的象征。《高逸图》中站在山涛旁的是一位奉琴的童子,七贤当中,嵇康和阮籍善于弹琴。阮籍曾于晋文王的座中,"晋文王功德盛大,坐席严敬,拟于王者。唯阮籍在坐,箕踞啸歌,酣放自若"(《世说新语·简傲》)。在如此肃然的场合,阮籍亦能这般旁若无人,不难想象这些名士在清谈的过程中,也可能是琴声、啸声起伏。

一天,王戎路经昔日与嵇康和阮籍喝酒的地方,往日一同"纵酒昏酣,遗落世事",如今两人都已离世,"今日视此虽近,邈若山河"(《世说新语·伤逝》),叹息物是人非,而清谈的风气亦在南朝时期渐息。

汤一介引读《世说新语》—— 039

以消极的方式对抗当权者

"七贤"之酣饮,在当时还有一种很重要的作用,就是可以借此拒绝和抵制当权者的种种要求。《晋书·阮籍传》:"文帝初欲为武帝求婚于籍,籍醉六十日,不得言而止。"这个故事是否真实,是否有所夸大,不得而知,但它所要表现的是当时某些名士不愿与腐败、凶残的当权者合作,有着不愿攀龙附凤的气概。当然,也表现了当时某些知识分子的软弱,虽不愿同流合污,却只能用酣饮这种消极的方式来对抗当权者。在中国历史上,真正敢于正面对抗残暴、无能、腐败政权的少之又少,像嵇康那样视死如归的名士真是凤毛麟角了。抱有济世之志的阮籍在"七贤"中也是表现放达、个性很强的一位,他作《首阳山赋》,以伯夷、叔齐自况,以示和司马氏政权不合作的态度。他"尝登广武,观楚汉战处,叹曰:

▲北齐 杨子华 《校书图》。画作以北齐天保七年文宣帝高洋命樊逊等人刊校五经诸史为题而作。从画中五人身上之衣着还可见魏晋服饰的遗风，以袒胸薄纱为衣，外披罩衫。

'时无英雄，使竖子成名'"。他借楚汉相争之事，暗示自己所生之时缺少英雄，遂使司马氏得以专政。后司马氏篡位，建立晋王朝，阮籍最终也不得不写了"劝进书"。在这点上，他或与有刚烈之性的嵇康有所不同。据《世说新语·雅量》中言，嵇康因吕安事被判死刑，将在东市被斩首，这时他看看日影，知被杀的时间快到了，于是要了琴就弹起来，说："过去袁孝尼曾希望跟我学《广陵散》，我没教他，从此以后再没有《广陵散》了。"在他被杀前，"有学生三千人请以为师"。《广陵散》绝了，嵇康之人格是否也绝了呢？

▲东晋丝鞋

汤一介引读《世说新语》—— 041

圣人的有情无情

宗白华在《论〈世说新语〉与晋人之美》中指出，魏晋时代是社会秩序大解体、旧礼教崩溃的时代。它的特点是"思想和信仰的自由和艺术创造精神的蓬勃发展"，它是一个"强烈、矛盾、热情浓于生命色彩的时代"。这个时代前无古人，后无来者。它之前的汉代，"在艺术上过于质朴，在思想上定于一尊，统治于儒教"；它之后的唐代，"在艺术上过于成熟，在思想上又入于儒、释、道三教的支配"。宗白华认为"只有这几百年是精神上的大解放，人格上、思想上的大自由"的伟大时代。

王戎尝谓："圣人忘情，最下不及情。情之所钟，正在我辈。"（《世说新语·伤逝》）意思是说，圣人太高超了，他们已超越常人的"情"，而最低下的人又对"情"太迟钝麻木，难以达到"有情"的境界，只有像我们这样的名士珍视自己的感情，才敢真正把真情表现出来。我们知道，魏晋时期的玄学家对"圣人"有情无情曾有所讨论。何劭在《王弼传》中说：何晏认为圣人无喜怒哀乐之情，论说得很精彩，当时钟会等名士都赞同，只有王弼不赞同。王弼认为：圣人与一般人相比，他们的不同在精神境界上，而在五情上是相同的。为什么呢？这是因为孔子对颜回"遇之不能不乐，丧之不能无哀"。可见圣人是有喜怒哀乐之情的。但是圣人之所以为圣人，因其有高的精神境界，他们可以做到"情不违理"。在《世

《广陵散》是古琴曲名，"散"是乐曲体裁的类别。关于《广陵散》的传说有以下两种。其一，杨时百《琴学丛书》中认为："《广陵散》非嵇康作也，《聂政刺韩王曲》也。"即东汉蔡邕《琴操》所载《聂政刺韩王曲》，此说与朱权《神奇秘谱》中《广陵散》的小段标题最为吻合，因此大多数人赞同此说法。其二，《太平广记》卷三百一十七引《灵鬼志》，记载嵇康早年曾游学于洛水之西，有一天夜宿月华亭，夜半独自弹琴，忽然有人来访，自称是古人，与嵇康共论音律，逸兴所致，于是借嵇康之琴弹奏《广陵散》，声调绝伦，并传授与嵇康，且要求嵇康誓不传人，天明便飘然而去。《世说新语·雅量》则记载嵇康因反对司马氏政权而被杀，临刑前索琴弹奏《广陵散》，曲终叹息："《广陵散》于今绝矣！"由于种种传说，使《广陵散》充满神秘色彩，且因嵇康奏《广陵散》从容赴义，更令此曲慷慨激昂，也将《广陵散》推向更为崇高的历史地位。

▲元 钱选《羲之观鹅图》。画中所绘为东晋名士王羲之。王羲之爱鹅成痴，其书法模仿鹅的形态而成。《晋书·王羲之传》曾记载王羲之"性爱鹅，会稽有孤居姥养一鹅，善鸣。求市未能得，遂携亲友命驾就观。姥闻羲之将至，烹以待之，羲之叹惜弥日"。

说新语·文学》中也有一条关于"圣人有情无情"问题的讨论。王修(字敬仁,亦称苟子)在瓦官寺中遇到和尚僧意,僧意问王修:圣人有情不?王修回答说:没有。僧意进一步问:那么圣人不就像一根木头柱子了吗?王修回答说:圣人像算盘一样,算盘虽无情,但打算盘的却有情。僧意又说:如果圣人像算盘一样,那么是谁来支配圣人呢?王修回答不了,只能走了。从此段讨论看,王修也许不知道王弼对"圣人有情"的看法,圣人有"情"但可"以情从理"。"七贤"名士,有"情",但并不都是"以情从理"的,而是"恣情任性"的,他们的生活是把自己的"真情"放在第一位,认为这样才是人之为人应有的,而隐藏自己的"真情"则是"小人"。

"放达"的低级形式

《世说新语·任诞》中有一则说:"阮籍的邻居是一美貌出众的妇人,常烧饭菜,卖酒。有一天阮籍和王戎在那儿喝酒,喝醉了,就睡在那妇人身旁。那妇人的丈夫起疑,就去察看,看到阮籍没有什么不检点的行为。"这条刘孝标的注有个相似的故事说:阮籍的邻居有一未嫁的女子甚美,不幸早逝。阮籍和她无亲无故,根本不认识,就到那儿去悲哀地哭,哭完了就扬长而去。刘孝标评说:"其达而无检,皆此类也。"(阮籍的行为虽是任情放达但不够检点吧!)这两则故事都说明阮籍虽有违当时的"礼教",但确实是"情之所钟"者。

无独有偶,阮籍侄子阮咸也有一故事,《世说新语·任诞》中载:阮咸和他姑姑的鲜卑女仆有染。后阮咸母去世,姑姑要回家。起初说可以把鲜卑女仆留下,但临行前,他的姑姑又把女仆带走了。于是阮咸借了头驴子穿着孝服去追赶,带着女仆一起骑着驴回来,说:"人种不可失。"因为这位女仆怀有他的孩子。虽然魏晋时虚伪的礼法早已败坏,但世家大族仍然在表面上固守礼法。然而"任自然"的"七贤"多把"情"看得比礼法更重,因此常常做出违反"礼法"的事。从上二例,可以看出阮氏叔侄虽因"情"而坏礼,但对妇女是比较尊重的。

▲谢道韫咏絮年画。谢道韫，谢安之侄女，为晋代著名的才女。《世说新语·言语》记载她的事迹："谢太傅寒雪日内集，与儿女讲论文义。俄而雪骤，公欣然曰：'白雪纷纷何所似？'兄子胡儿曰：'撒盐空中差可拟。'兄女曰：'未若柳絮因风起。'公大笑乐。"因此"咏絮才"亦作为才女的代称。

在《世说新语》中还记载有嵇康锻铁、阮籍狂啸的故事，这都表现出"七贤"的"恣情任性""逍遥放达"的性格和精神面貌。

《世说新语》赞扬当时如"七贤"等名士所追求的逍遥放达，但也并非无条件的赞美，而是以精神上的自由为高尚，认为言谈举止必须有"真情"，应顺乎"自然本性"，既不要拘泥于虚伪的"名教"，也不去追求肤浅形式上的放达，成为"假名士"。乐广曾批评元康后的"放达"，他认为，竹林以后元康时期的"名士"如阮瞻、胡母辅之之流"皆以任放，或有裸体者"。盖"任放"是指任意放纵，而"达"是指一种"任自然本性"的精神境界，所以没有"达"这种精神境界的"放"，只是"放达"的低级形式。

魏晋之际，由于当时的社会政治形势，如"七贤"等名士是有精神境界的"放达"，而西晋元康中的某些名士的"放达"，是无精神境界的一种形式上的"任放"。鲁迅说："（竹林七贤）他们七人中差不多都是反抗旧礼教的"，"然而后人就将嵇康、阮籍骂起来，人云亦云，一直到现在，一千六百年。季札说：'中国之君子，明于礼义而陋于知人心'。这是确的，大凡明于礼义，就一定要陋于知人心的，所以古代有许多人受了很大的冤枉。"鲁迅的意思是说，中国的一些所谓君子，只知道去维护那些虚伪的"礼义"，缺乏对人心的了解，所以在历史上有"真性情"的人常常被社会所误解了。我想，鲁迅是真的了解"七贤风度"的智者。

鲁迅与《嵇康集》接触的最早记录为1913年。当时鲁迅于教育部任职，因职务关系开始校勘吴宽丛书堂抄本《嵇康集》，此后开始不断搜求、抄写、校订各版本《嵇康集》，直至1931年，历时十九年，共校勘九次，计抄本三种，亲笔校勘五种，另有《〈嵇康集〉考》《〈嵇中散集〉考》《〈嵇康集〉逸文》等手稿。鲁迅对《嵇康集》的校勘，占了他人生的三分之一，并与他的文学创作时期几乎完全重叠。这十九年中，鲁迅不断地反复阅读《嵇康集》，从中汲取文学与精神的养分。由于嵇康的孤高精神、高洁品格与不幸遭遇，深深地震撼鲁迅，因此鲁迅十分推崇嵇康，认为其文章"思想新颖，往往与古时旧说反对"，给予高度的评价。对鲁迅来说，《嵇康集》中承载着嵇康的精神，而鲁迅自己也在《嵇康集》的阅读、校勘与理解的过程中，抒发、宣泄自己的苦闷。

世说新语八周刊
猪乐桃

猪乐桃,生于上海,后辗转云南、扬州、上海、北京等地。
作品有《玛塔》系列、《高中五班日记》《我的家在西双版纳》《猪仔仔的时光机》《童年时光机》等。

世说新语·八周刊

A New Account of Tales of the World. 8

绘画 猪乐桃

2011年01月10日

创刊1500周年特辑

魏晋厕所的那些事儿

为何每位男客入石崇家厕，皆羞奔出？

大将军王敦全裸出镜

八周刊为您揭晓——

哎哟哟~好羞怯~

著名音乐家 阮咸主仆恋！ 劲爆

型男别册 超值大赠送

专题：你不知道的美男子背后的故事

谈辩画夜，一醉方休

竹林七贤英雄会，够胆你就来！

陈留阮籍、谯国嵇康、河内山涛、沛国刘伶、陈留阮咸、河内向秀、琅邪王戎。七人常集于竹林之下，肆意酣畅，故世谓"竹林七贤"。由竹林七贤引领的"时尚清谈会"即将拉开帷幕。如果你渴望一睹七贤风采，如果你不甘寒门，想一展辩论才智，请来"竹林七贤英雄会"——每月10日，山阳县竹林内，门票20文/人，自备酒水。

今日黄历

农历庚寅年【虎年】

宜	1月10日	忌
祭祀 解除 余事勿取	12月 初七 庚寅月 己丑日 乙丑	诸事不宜

冲羊　煞东

正冲	己未	值神	建
胎神	碓磨厕外东南
彭祖百忌	乙不栽植千株不长　丑不冠带主不还乡

广告

张仲景牌 五石散

喝了，真的好~

名士首选　身份象征

著名中医张仲景研制，玄学鼻祖何平叔热力推荐！"服五石散，非唯治病，亦觉神明开朗……"各大药铺有售

*食散之后，寒衣、寒饮、寒食、寒卧，极寒益善

*何平叔

048　——真名士，自风流

魏晋音乐教父
阮仲容大玩主仆恋！
阮母忌日百里骑驴追真爱

阮咸，字仲容，"竹林七贤"之一，性情和他叔父阮籍一样任达不拘。此君在政治和文学上没有什么作为，不过音乐造诣颇深，不但自己编曲，还发明了一种叫"阮"的乐器，流传至今。

> 本报记者大爆料！
> 阮咸鲜卑女主仆恋！

阮兄，使不得啊！

阮咸性情放诞不拘礼法，喜欢在节假日把自己的破裤衩晾在厅堂，与群猪一起豪饮美酒（见《晋书·阮咸》）。所以，也就不难理解他做出的下面这件为当时的礼教所不齿的事了。

> **世说新语·任诞**
> 阮仲容先幸姑家鲜卑婢。

在一个春暖花开的季节，阮咸的姑姑来家中探亲，不知道是日久生情还是一见钟情，总之，姑姑随行带来的鲜卑族丫鬟与这位放诞不羁的贵公子阮咸相爱了，并有了那事儿……

汤一介引读《世说新语》—— 049

不久之后，阮咸的母亲去世了，他的姑姑在临走之前答应阮咸，将那名婢女留下。

及居母丧，姑当远移，初云当留婢，

真的，你就留下这婢女吧。

多谢姑姑~

曰：「人种不可失。」

累骑而返。

等等啊，姑姑！

可是阮咸的姑姑临行前改变了主意，带着婢女走了。

既发，定将去。

公子，不好啦……

什么？

仲容借客驴，著重服自追之，

即遥集之母也。

阮咸得知，慌忙借了客人的驴子，穿着孝服去追赶，最后两人一起骑着驴回来。仲容说："人种不能丢掉。"后来婢女为阮咸生下了个大胖小子，名叫阮遥集。

阮咸除了发明了"阮"这个乐器外，在历史上没留下什么痕迹，不过这宗风流事却千秋流传，让他成为"一夜情"的鼻祖。

050　——真名士，自风流

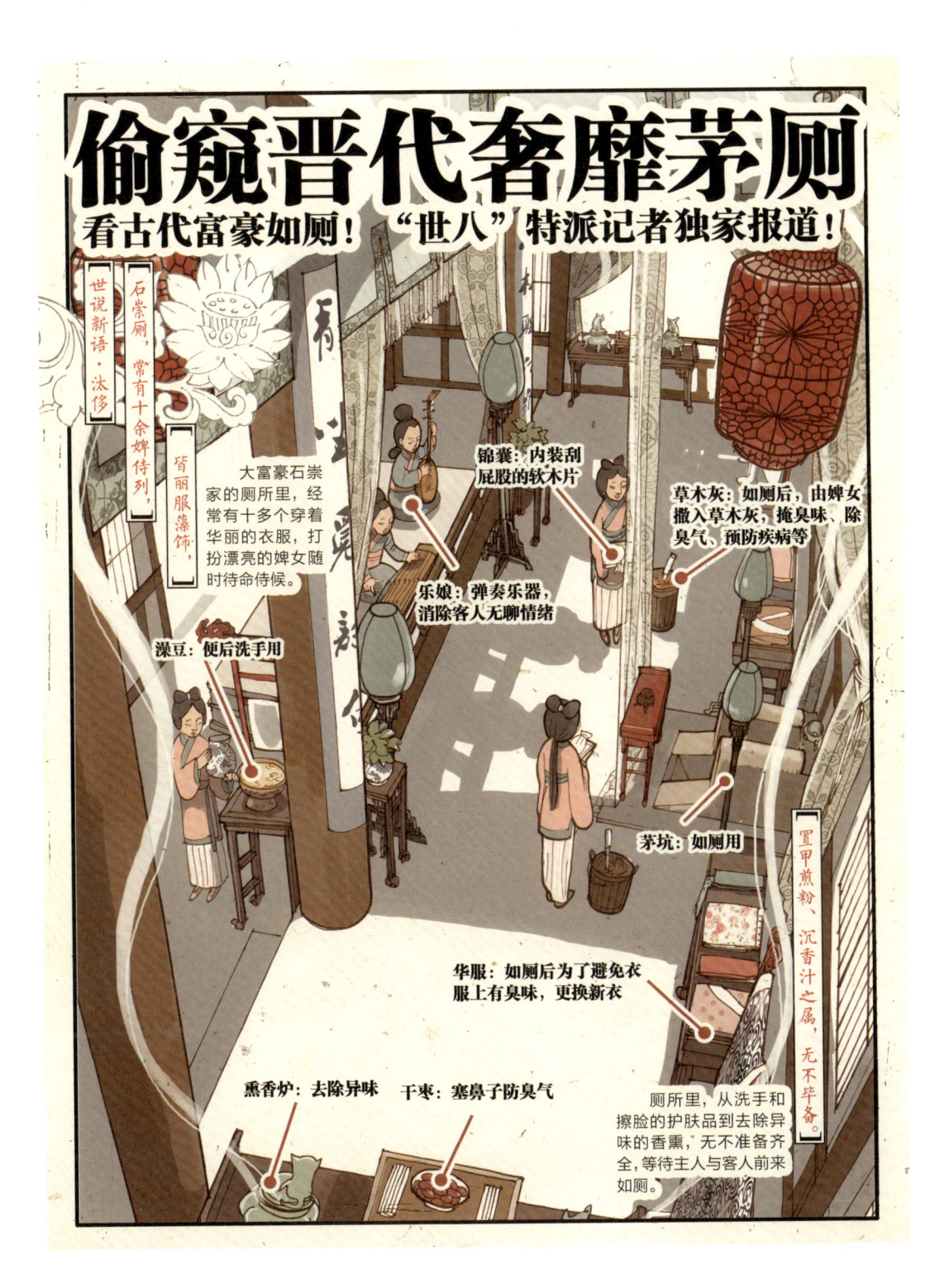

偷窥晋代奢靡茅厕
看古代富豪如厕！"世八"特派记者独家报道！

世说新语·汰侈

石崇厕，常有十余婢侍列，皆丽服藻饰，

大富豪石崇家的厕所里，经常有十多个穿着华丽的衣服，打扮漂亮的婢女随时待命侍候。

- **锦囊**：内装刮屁股的软木片
- **草木灰**：如厕后，由婢女撒入草木灰，掩臭味、除臭气、预防疾病等
- **乐娘**：弹奏乐器，消除客人无聊情绪
- **藻豆**：便后洗手用
- **茅坑**：如厕用
- **华服**：如厕后为了避免衣服上有臭味，更换新衣
- **熏香炉**：去除异味
- **干枣**：塞鼻子防臭气

置甲煎粉、沉香汁之属，无不毕备。

厕所里，从洗手和擦脸的护肤品到去除异味的香熏，无不准备齐全，等待主人与客人前来如厕。

汤一介引读《世说新语》

这些漂亮的婢女们为了不让如厕后的客人们带着臭味回去，会让宾客换上新衣服，客人大多因为难为情而不敢上厕所。

> 又与新衣著令出。
> 客多羞不能如厕。

公子请用软木刮刮屁股吧。

公子请换内裤~

公子请换内衣~

哇！不要过来！人家可是守身如玉的好青年！

哎哟哟！羞死人了啦！讨厌~

扭捏

不过大将军王敦上厕所，就敢脱掉原来的衣服，泰然自若、神色傲慢地由婢女们伺候着穿上新衣服。

> 王大将军往，脱故衣。
> 着新衣，神色傲然。

婢女们互相评论说："这个客人一定会成为枭雄！"

大富豪石崇的这位婢女一语道破天机，永昌元年（322）正月，王敦从荆州起兵，以诛刘隗为名进攻建康，引发了历史上著名的"王敦之乱"，次年谋求篡位，324年因重病逝世，"王敦之乱"才得以平定。

> 群婢相谓曰："此客必能作贼。"

come on!baby! I prepared~

思留意……此人要

大富豪石崇

052 ——真名士，自风流

《世说新语·纰漏》

王敦初尚主，如厕，见漆箱盛干枣，

如果没有在自家厕所的一番历练，估计这位西晋大将军也不会在石崇家的茅房里如此"神色傲然"。王敦被晋武帝招为武阳公主的驸马，新婚之夕，头一回使用公主的厕所。厕所里的婢女手里拿着盛着干枣的漆箱，王大将军见状只当是"蹲坑食品"，便全部吃光。

啥？蹲坑还有零食吃？俺老婆的厕所就是不同凡响！

哇！老爷，那是塞鼻子用的！

啊呜

本以塞鼻，王谓厕上亦下果，食遂至尽。

原来漆盒里的干枣是贵族们如厕时用来塞住鼻孔，堵住扑鼻而来的臭味之用。

塞

你用枣堵住鼻子，闻不见臭味，可是嘴巴却吸进了臭气，岂不是更恶？

……这倒也是……

嚼嚼

汤一介引读《世说新语》

如厕完后，侍婢端来一盘水，还有一个盛着"澡豆"的琉璃碗。

既还，婢擎金澡盘盛水，琉璃碗盛澡豆。

老爷请用~

啥？便便完还有粥喝？

因倒着水中而饮之，谓是干饭。

*澡豆：宋代以前，洗脸、净手、浴身的时候，没有成团的"肥皂"，而是使用"澡豆"。孙思邈《千金方》记载，澡豆由丁香、沉香、青木香、桃花、钟乳粉、珍珠、玉屑等二十四味中药研末制成，洗后皮肤白皙光滑，是当时富家女们的护肤圣品。

王敦又把这些"澡豆"倒在水里，一饮而尽。

众婢女全部掩着嘴嘲笑这位王大将军。

群婢莫不掩口而笑之。

delicieux~
（法语：好吃~）

群婢虽然嘲笑王敦的粗俗，不过在那个清风雅量盛行的晋代，豪迈得有些粗俗、直率得有些缺心眼的王将军显得如此特别，又如此可爱。

054　——真名士，自风流

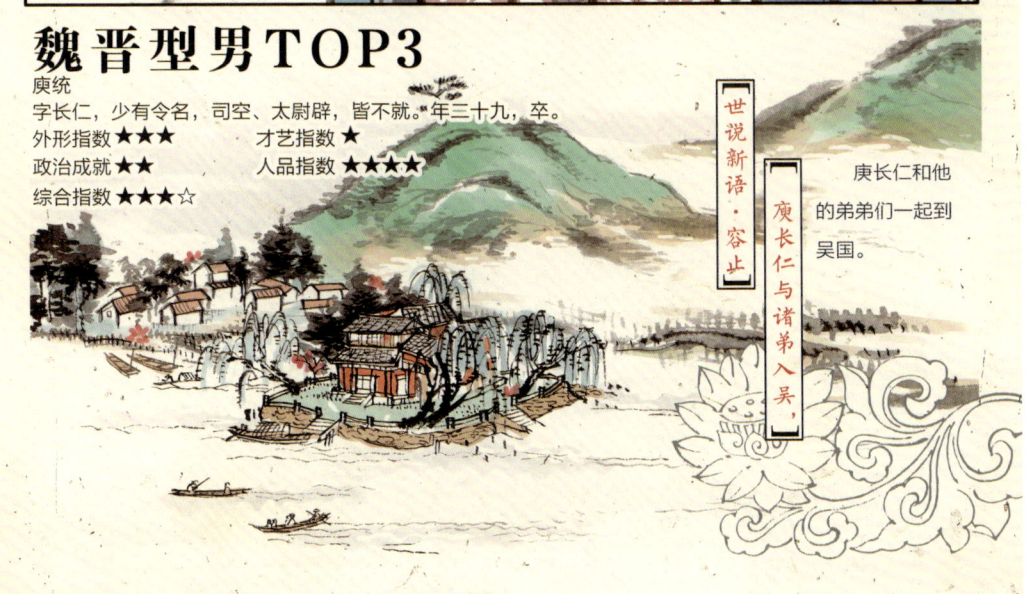

A《世说新语》 New Account of Tales of the World

八周刊 2011年新春特别册赠送　企划、编辑、撰文、摄影：猪乐桃

封面人物：嵇康 潘岳 庾长仁

魏晋型男TOP3

特别专题

古今中外女性权威票选公布

嵇康萧萧肃肃爽朗清举

庾统玉山上行光映照人

潘岳飘如游云矫如惊龙

魏晋型男TOP3

庾统

字长仁，少有令名，司空、太尉辟，皆不就。年三十九，卒。

外形指数 ★★★　　才艺指数 ★
政治成就 ★★　　　人品指数 ★★★★
综合指数 ★★★☆

《世说新语·容止》

庾长仁与诸弟入吴，庾长仁和他的弟弟们一起到吴国。

欲住亭中宿。

大家在途中想在驿亭里住宿。庾统的几个弟弟先进去，看见满屋都是平民百姓，这些人一点回避的意思也没有。

诸弟先上，见群小满屋，都无相避意。

大哥，我看这里没法儿住啊！

长仁曰："我试观之。"

咱们还是继续赶路吧

这么晚赶路，岂不是要露宿街头？

我试着进去看看。

056　——真名士，自风流

于是,帅哥庾统就拄着一根拐杖,扶着一个小孩,走进驿亭,为何要拄拐杖扶小童?是别有用意还是故弄玄虚?

据目击者称,当庾统刚一进门,旅客们望见他的神采,一下子都退了回去,让出一条路来。

乃策杖将一小儿,

Good Evening ~ Everybody ~

闪亮星光发出的声音

丁零

始入门,诸客望其神姿,

一时退匿。

哇啊!好闪亮!啊呀!我的眼睛!

好刺眼!快闪!哇呀呀!救命啊!

退 退

汤一介引读《世说新语》—— 057

魏晋型男TOP2

嵇康 字叔夜，"竹林七贤"领袖人物。魏末文学家、思想家、音乐家，魏晋玄学的代表人物，善音律。其临刑前弹奏的《广陵散》为我国十大古琴曲之一。

外形指数 ★★★★　才艺指数 ★★★★★　政治成就 ★★★　人品指数 ★★★★★　综合指数 ★★★★

《世说新语·容止》

嵇康身长七尺八寸，风姿特秀。

见者叹曰：『萧萧肃肃，爽朗清举。』

或云：『肃肃如松下风，高而徐引。』

山公曰：『嵇叔夜之为人也，岩岩若孤松之独立；其醉也，傀俄若玉山之将崩。』

嵇康身高一米八，外形特潇洒秀丽，看见他的人都感叹"萧萧肃肃，爽朗清举"。要不然就是"肃肃如松下风，高而徐引"。

七贤之一的山涛则更加夸张地形容——嵇康这个人啊，仿佛独立在山崖上威严的古松，他喝醉之后，帅得就仿佛玉石之山崩塌一样！

轰！
哇！
呀！
Help Me!
隆~
哇啊！救命啊！！！

太……太帅了！！！
玉山真的崩塌了！

——真名士，自风流

嵇康不但帅得一塌糊涂，而且还是个特立独行的愤青。他抛弃了文人向来对轻狂的演绎，宁可做一个纯粹靠力气的打铁匠。（估计他那"肃肃如松下风，高而徐引"的完美身材是来自于每天打铁锻炼的成果。）

这位帅铁匠还是当代著名的大文豪与大音乐家，他用音乐与文章发泄着自己对世事的不满，他骄傲、不羁、固执，藐视着政治的乌云。

嵇康因为这样的性格，与当朝呛声，后为晋文帝所杀。

行刑当日，三千名太学生集体请愿，请求赦免嵇康。嵇康神色不变，如同平常一般。他看了看日影，离行刑尚有一段时间，便向兄长要来平时爱用的琴，在刑场上抚了一曲《广陵散》。曲毕，嵇康把琴放下，叹息道："昔袁孝尼尝从吾学《广陵散》，吾每靳固之，《广陵散》于今绝矣！"说完后，嵇康从容就戮，时年四十。

嵇康以超脱的气度、不凡的外表、超越礼教而任自然的性格与他壮烈的死造就了一个传奇的人生，也成为一个时代的符号。

汤一介引读《世说新语》

魏晋型男TOP1

潘岳

字安仁，后人多称之潘安
西晋第一美男子，太康文学的领军人物

外形指数 ★★★★★　　才艺指数 ★★★★
政治成就 ★★★★　　　人品指数 ★★
综合指数 ★★★★★

潘岳有非常美丽的外貌，是位超级大帅哥。年少时手持着弹弓在洛阳逛街，

> 世说新语·容止
> 潘岳妙有姿容，好神情。
> 少时挟弹出洛阳道，
> 妇人遇者，
> 莫不连手共萦之。

唉，真是让人为难，每次出门都会造成骚乱，老天为何让我生得如此帅呢……

不管老少，只要是个女的，全都手拉手围着这位大帅哥观看，常常会引起洛阳交通要道堵塞。另外《语林》记载："安仁至美，每行，老妪以果掷之满车。"——每次出行都有老太太投掷果品直到载了满满一车！古今中外也就这位帅哥有此待遇，这人得美到什么地步啊~

060　——真名士，自风流

有这么一位出身寒门、渴望成功的人,孤独而不得志的他,似乎在这场喧嚣中得到了一些启示……

我们永远支持你!

这里是洛阳交通队!

请小姐夫人们立刻散去!

不要阻塞交通!

不要呀~潘仔!

让人家再看你一眼呀!

左太冲绝丑,

亦复效岳游遨,

没错!终于让我想到了出名的办法!

这个人叫左太冲,长得不是一般的丑,据记载,他已经丑到了"绝"的地步。

不过,这位仁兄还没有意识到自己和潘岳的本质区别,想要效仿大帅哥,也来一次轰动洛阳的巡街。

呼

汤一介引读《世说新语》—— 061

啪！

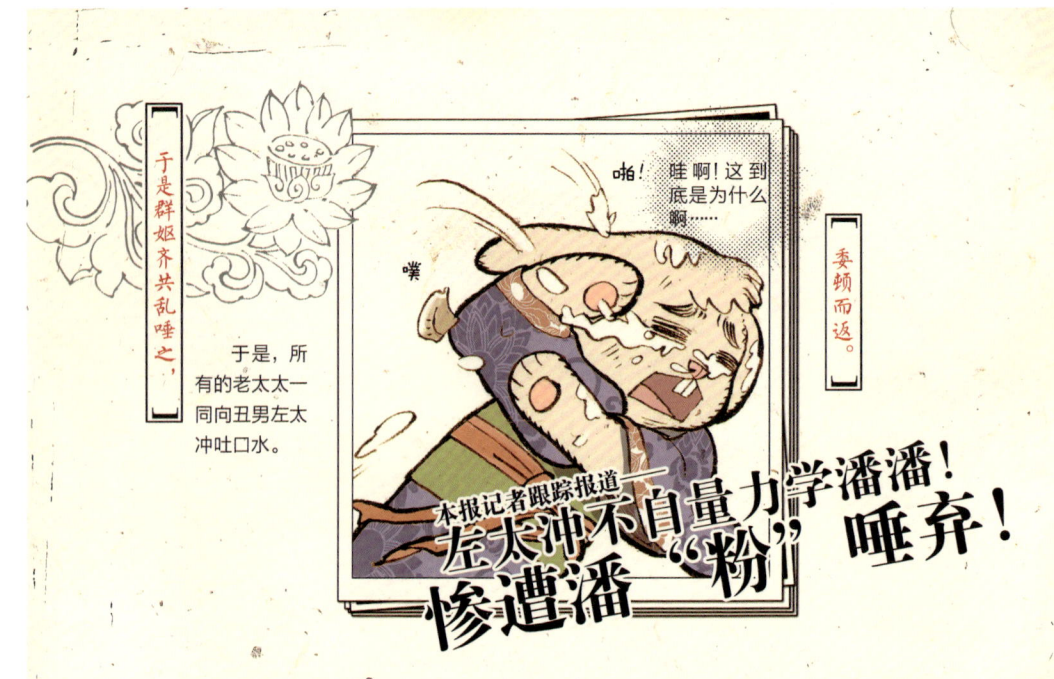

哇啊！这到底是为什么啊……

噗

于是群妪齐共乱唾之。

委顿而返。

于是，所有的老太太一同向丑男左太冲吐口水。

本报记者跟踪报道——
左太冲不自量力学潘潘！
惨遭潘"粉"唾弃！

左太冲沮丧地回到家，他明白，自己是无法像那些出身望族的帅哥们一样轻易走上充满光辉的仕途了。从此以后，左先生奋发图强，埋头于写作，终于以十年之力撰成《三都赋》，分别叙述三国时期蜀、吴、魏三地的形势、物产等情况。

神啊！我终于可以成名了！

哗！

《三都赋》即将出版时，还被众文人耻笑："此间有伧父，欲作《三都赋》，须其成，当以覆酒瓮耳。"（摘自《晋书·左思》）——大家笑着议论：有个倔老头想写《三都赋》，我看等他写成了，最多拿来当作盖酒坛的盖子而已。好在当时的人们对待文学作品还是公正的，书成之后，时人竞相传阅，洛阳为之纸贵。"洛阳纸贵"这个成语就渊源于此，左太冲也因此提高了自己的身价。

062 ——真名士，自风流

虽然左思凭借《三都赋》一洗往日受辱之耻，名垂千古，但是"上品无寒门，下品无世族"的西晋门阀贵族制度以及那个皆以容姿决定一个人的命运的年代，使得左思以及许多身份与姿容不出众的人才在仕途之中阻碍重重，要付出比出身世族的帅哥更多的艰辛，才能得到世人的认可。

升官发财号即将发车，车费一百两黄金，世族子弟优先！

不幸的是，大部分寒门子弟在漫漫长路中耗尽精力，悲惨落寞地了却此生……

汤一介引读《世说新语》

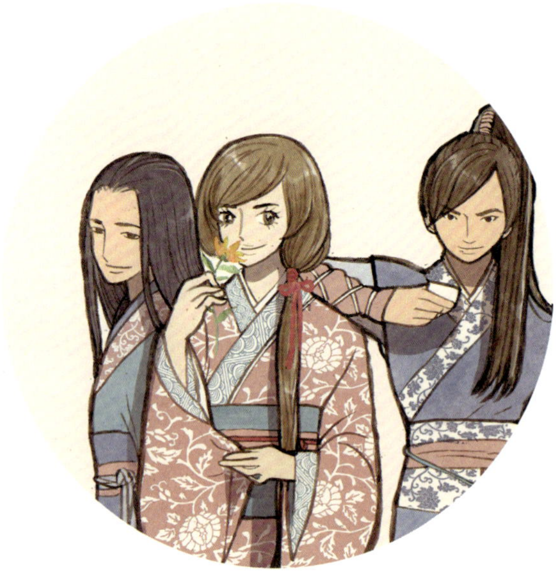

原典选读

［南朝宋］刘义庆 著
关夏 注
郭辉 译

德行第一

　　《德行》是《世说新语》第一门，共47则。德行指道德品行，语出《周易》："君子以制数度，议德行。"本门主要记述了汉末及魏晋士族阶层推崇的各种言行举止和事迹，以及当时名士对具备良好德行的人物的高度评价。

15. 晋文王称阮嗣宗至慎，每与之言，言皆玄远，未尝臧否人物。

译文

晋文王司马昭称赞阮嗣宗为人极其谨慎，每次和他交谈，他的言论都很玄妙深远，从不评论别人的优劣。

17. 王戎、和峤同时遭大丧，俱以孝称。王鸡骨支床①，和哭泣备礼。武帝谓刘仲雄曰："卿数省王、和不？闻和哀苦过礼，使人忧之。"仲雄曰："和峤虽备礼，神气不损；王戎虽不备礼，而哀毁骨立。臣以和峤生孝，王戎死孝。陛下不应忧峤，而应忧戎。"

译文

王戎与和峤同时遭遇大丧之痛，二人都以孝著称。在这期间，王戎是哀伤过度，形销骨立；和峤则是哀痛哭泣，而且丧事礼仪周全。晋武帝司马炎对刘仲雄说道："你经常去探望王戎、和峤吗？听说和峤因为过于悲伤痛苦，都超出了礼法常规，让人很是为他担忧！"刘仲雄回答说："和峤虽然礼仪周到，但精神元气并没有受到损伤；王戎虽然礼仪不周全，可是因为内心深处悲痛过度，以致伤了身体而骨瘦如柴。臣认为和峤是生孝，虽然丧礼周全，但并没有伤及身体；王戎是死孝，因为哀伤过度而几至于死。陛下不应该为和峤担忧，而应该为王戎担忧啊！"

21. 王戎父浑有令名，官至凉州刺史。浑薨，所历九郡义故，怀其德惠，相率致赗②数百万，戎悉不受。

译文

王戎的父亲王浑很有名望，官做到凉州刺史。王浑死后，他在各州郡做官时以恩情道义相结识的故交旧友，感怀于他昔日的美德和恩惠，相继送来丧事礼金，数额达几百万，王戎一概不收。

---

①鸡骨支床：指瘦骨嶙峋。
②赗(fù)：向办丧事的人家送的礼。

言语第二

　　《言语》是《世说新语》第二门，共 108 则。言语指善于辞令应对，语言得体、恰当。本门记载的内容大致可分为两类：其一，本门主要记载了在言辞应对过程中产生的优秀言语；其二，本门直接记载了魏晋名士的一些精彩评论。

2.徐孺子年九岁,尝月下戏。人语之曰:"若令月中无物,当极明邪?"徐曰:"不然,譬如人眼中有瞳子,无此必不明。"

译文

徐孺子九岁时,有一次在月光下玩耍。有人对他说:"如果月亮中什么都没有,应当会更明亮吧?"徐孺子回答:"不是这样的,就好像人的眼睛必须要有瞳仁一样,如果没有瞳仁,人一定会什么也看不见。"

5.孔融被收,中外惶怖。时融儿大者九岁,小者八岁。二儿故琢钉戏,了无遽容。融谓使者曰:"冀罪止于身,二儿可得全不?"儿徐进曰:"大人岂见覆巢之下,复有完卵乎?"寻亦收至。

译文

孔融被捕,朝廷内外一片恐慌。当时,孔融的大儿子九岁,小儿子八岁。两个儿子仍旧在玩琢钉戏,完全没有害怕的样子。孔融对使者请求说:"希望惩罚能到我这里为止,两个儿子的性命能得以保全吗?"他的儿子听到这话,从容地上前说道:"父亲难道见过倾覆的鸟巢下面,还有完整的鸟蛋吗?"不久,两个儿子也被抓起来了。

12.钟毓兄弟小时,值父昼寝,因共偷服药酒。其父时觉,且托寐以观之。毓拜而后饮,会饮而不拜。既而问毓何以拜,毓曰:"酒以成礼,不敢不拜。"又问会何以不拜,会曰:"偷本非礼,所以不拜。"

译文

钟毓兄弟俩小时候,一次碰上父亲白天在睡觉,两人趁机一块去偷药酒喝。他们的父亲当时已经睡醒了,就姑且假装还在睡觉,看他们怎么做。钟毓行过礼才喝酒,钟会却只喝酒不行礼。后来,父亲起来后问钟毓为什么要行礼,钟毓说:"酒是完成礼仪的必备之品,我不敢不拜。"他又问钟会为什么不拜,钟会说:"偷酒喝本来就不合于礼,所以我不拜。"

41. 庾公尝入佛图,见卧佛,曰:"此子疲于津梁。"于时以为名言。

译文

庾亮曾经进入过一座佛寺,在里面看见一尊卧佛,就说:"这位佛祖因忙于普度众生而疲劳了。"当时人们认为这句话是名言。

46. 谢仁祖年八岁,谢豫章将送客。尔时语已神悟,自参上流。诸人咸共叹之曰:"年少,一坐之颜回。"仁祖曰:"坐无尼父,焉别颜回?"

译文

谢仁祖八岁时,他父亲豫章太守谢鲲带着他一起送别客人。那时,他的言谈便显示出惊人的悟性,可以自己参与到上流人士的交谈之中。大家都赞叹不已,称赞他说:"年纪虽小,却是座中的颜回。"谢仁祖说:"座中如果没有孔子,怎么能识别出颜回呢?"

88. 顾长康从会稽还,人问山川之美,顾云:"千岩竞秀,万壑争流,草木蒙笼其上,若云兴霞蔚。"

译文

顾长康从会稽回来,人们问他那里山川的秀美情状,顾长康说:"在那里,千座山峰竞相比高,万座山谷的溪水争相奔流,茂密的草木笼罩在山水之上,如同云雾升腾,彩霞弥漫。"

政事第三

《政事》是《世说新语》第三门，共26则。政事指政府的行政事务。本门主要记载了汉末魏晋时期一些名士们处理政事的具体事迹，以及名士们关于政事的言辞应对。

7. 山司徒前后选，殆周遍百官，举无失才；凡所题目，皆如其言。唯用陆亮，是诏所用，与公意异，争之，不从。亮亦寻为贿败。

译文

司徒山涛前后两次担任过吏部官员，几乎考察遍了朝廷内外百官，向上举荐人才时没有出现举荐不当的情况；凡是他品评过的人物，都正如他所说过的那样。只有任用陆亮是皇帝的诏令决定的，和山涛的意见不同，他为这事与皇帝力争过，但皇帝没有听从他的意见。不久，陆亮果然因为受贿而被免职。

8. 嵇康被诛后，山公举康子绍为秘书丞。绍咨公出处，公曰："为君思之久矣。天地四时，犹有消息，而况人乎！"

译文

嵇康被杀以后，山涛推荐嵇康的儿子嵇绍入朝做秘书丞。嵇绍去和山涛商量是出仕还是隐退，山涛回答说："我替你考虑很久了。天地间一年四季都还有阴阳寒暑交替变化的时候，何况是人呢？"

10. 王安期作东海郡，吏录一犯夜人来。王问："何处来？"云："从师家受书还，不觉日晚。"王曰："鞭挞宁越以立威名，恐非致理之本。"使吏送令归家。

译文

王安期任东海郡太守时，一次，有个小吏抓了一个违反宵禁令的人来。王安期审问他："你从哪里来？"那个人回答说："从老师家学完功课回来，不知不觉中时间已经太晚了。"王安期听后说："鞭打一个像宁越一样勤奋的读书人来树立威名，恐怕不是使社会安定清平的根本办法。"于是派小吏送他出去，让他回家。

文学第四

　　《文学》是《世说新语》第四门，共104则。文学指辞章修养，包括文辞文采、学术修养、博学多闻等内容。德行、言语、政事、文学，被视为"孔门四科"，分别位于本书前四门，可以看出魏晋时代虽然老庄思想和佛教盛行，但也有尊崇儒家思想的一面。

8. 王辅嗣弱冠诣裴徽，徽问曰："夫无者，诚万物之所资，圣人莫肯致言，而老子申之无已，何邪？"弼曰："圣人体无，无又不可以训，故言必及有；老、庄未免于有，恒训其所不足。"

译文

王弼年轻时去拜访裴徽，裴徽问他："无，确实是万物的根源，可是圣人不肯对它发表意见，老子却反复地陈述它，这是为什么呢？"王弼说："圣人认为'无'是本体，可是'无'又不能被解释清楚，所以言谈间必定涉及'有'；老子、庄子免不了谈及'有'，所以要经常去解释他们还掌握得不充分的'无'。"

49. 人有问殷中军："何以将得位而梦棺器，将得财而梦矢秽？"殷曰："官本是臭腐，所以将得而梦棺尸；财本是粪土，所以将得而梦秽污。"时人以为名通。

译文

有人问中军将军殷浩："为什么将要得到官爵就会梦见棺材，将要得到钱财就会梦见粪便？"殷浩回答说："官位、爵位本来就是腐臭的东西，因此将要得到它时就会梦见棺材中的尸体；钱财本来就是粪土，因此将要得到它时就会梦见肮脏的东西。"当时的人认为这是名言通论。

58. 司马太傅问谢车骑："惠子其书五车，何以无一言入玄？"谢曰："故当是其妙处不传。"

译文

太傅司马道子问车骑将军谢玄："惠子所著的书有五车之多，为什么没有一句话涉及玄理？"谢玄回答说："这应当是因为玄理精深微妙，难以言传吧。"

66. 文帝尝令东阿王七步中作诗，不成者行大法。应声便为诗曰："煮豆持作羹，漉①菽以为汁。萁在釜下然②，豆在釜中泣。本自同根生，相煎何太急！"帝深有惭色。

译文

魏文帝曹丕曾经命令东阿王曹植在七步之内作成一首诗，作不出来的话，就要被处死。曹植应声便作成一诗："煮豆持作羹，漉菽以为汁。萁在釜下然，豆在釜中泣。本自同根生，相煎何太急！"魏文帝听了，深感惭愧。

67. 魏朝封晋文王为公，备礼九锡。文王固让不受。公卿将校当诣府敦喻，司空郑冲驰遣信就阮籍求文。籍时在袁孝尼家，宿醉扶起，书札为之，无所点定，乃写付使。时人以为神笔。

译文

魏朝封文王司马昭为晋公，备好了九锡之礼。司马昭坚决推辞，不肯接受。朝中的高级文武官员将要前往司马昭的府第，恳切地劝说他接受魏王的封赏。这时司空郑冲赶紧派遣信使到阮籍那里，请他写一篇劝进文。阮籍当时在袁孝尼家，因为头天喝酒过量，还在醉酒中未醒，被人喊醒扶起来后，在木札上直接写起劝进文来，写完后，不做任何改动，就将文章交给了来使。当时人们称他为神笔。

98. 或问顾长康："君《筝赋》何如嵇康《琴赋》？"顾曰："不赏者，作后出相遗；深识者，亦以高奇见贵。"

译文

有人问顾长康："您的《筝赋》和嵇康的《琴赋》相比，哪一篇更好？"顾长康回答说："不会欣赏的人，会把《筝赋》作为后出的文章而遗弃它；见识深远的人，会因为《筝赋》高妙新奇而重视它。"

---

①漉（lù）：液体往下渗。
②然：同"燃"。

方正第五

　　《方正》是《世说新语》第五门，共66则。方正指人的行为、品性正直无邪。本门主要记载了在对待政事、性格特征、遵守礼制等方面表现出来的方正品质。

3. 魏文帝受禅，陈群有戚容。帝问曰："朕应天受命，卿何以不乐？"群曰："臣与华歆服膺先朝，今虽欣圣化，犹义形于色。"

译文

魏文帝曹丕接受禅让称帝后，陈群面上带有忧伤的神色。魏文帝问他："朕顺应天命登上帝位，你为什么不高兴？"陈群回答说："臣和华歆都把前朝牢牢地记在心里，现在虽然处于盛世也很欣喜，但是怀念前朝恩义的神情还是不免要流露出来。"

15. 山公大儿著短帢①，车中倚。武帝欲见之，山公不敢辞，问儿，儿不肯行。时论乃云胜山公。

译文

山涛的大儿子戴着一顶便帽，倚靠在车上。晋武帝想召见他，山涛不敢拒绝武帝的旨意，就过来问他儿子的意见，他儿子不肯去见武帝。当时的舆论就认为这个儿子胜过山涛。

32. 王敦既下，住船石头，欲有废明帝意。宾客盈坐，敦知帝聪明，欲以不孝废之。每言帝不孝之状，而皆云："温太真所说。温尝为东宫率，后为吾司马，甚悉之。"须臾，温来，敦便奋其威容，问温曰："皇太子作人何似？"温曰："小人无以测君子。"敦声色并厉，欲以威力使从己，乃重问温："太子何以称佳？"温曰："钩深致远，盖非浅识所测；然以礼侍亲，可称为孝。"

译文

王敦出兵东下，攻入石头城后，把船停在石头城，有废掉太子司马绍之意。于是大会百官，当时宾客满座，王敦知道太子司马绍聪明有谋略，就想以"不孝"的罪名废掉他的太子之位。每次说到太子不孝的情况，都说："这是温太真说的。他曾经做过东宫的卫率，后来在我手下担任司马，非常熟悉太子的情况。"一会儿，温太真来了，王敦便摆出威严的神色，问温太真："皇太子为人怎么样？"温太真回答说："小人是没法估量君子的。"

---

①帢（qià）：古代士人戴的一种便帽。

汤一介引读《世说新语》— 077

王敦声色俱厉,想靠威力来迫使温太真顺从自己的意思,便重新问道:"太子以什么为他人所称赞?"温太真说:"太子的才识广博精深,似乎不是我这种认识浅薄的人所能估量的;可是他能按照礼法来侍奉双亲,可以称其为孝。"

43. 孔君平疾笃,庾司空为会稽,省之,相问讯甚至,为之流涕。庾既下床,孔慨然曰:"大丈夫将终,不问安国宁家之术,乃作儿女子相问!"庾闻,回谢之,请其话言。

译文

孔君平病得很重,司空庾冰当时任会稽郡内史,前去探望他,态度万分殷勤地问候病情,并因为他的病情而伤心流泪。庾冰离座告辞时,孔君平感慨地说道:"大丈夫都快要死了,也不问问使国家安宁的计策,竟然只像妇道人家一样来问候我的病情!"庾冰听见了,便返回向他道歉,请他留下教诲之言。

62. 太极殿始成,王子敬时为谢公长史,谢送版,使王题之。王有不平色,语信云:"可掷著门外。"谢后见王,曰:"题之上殿何若?昔魏朝韦诞诸人亦自为也。"王曰:"魏阼所以不长。"谢以为名言。

译文

太极殿刚建成,王子敬当时任谢安的长史,谢安派人送块匾额给他,让他在匾上题字。王子敬露出不满的神色,告诉送信人说:"可以把它扔在门外放着。"谢安后来看见王子敬,就说:"登上大殿直接在匾上题字,怎么样?从前魏朝的韦诞等人也这样写过。"王子敬说:"这就是魏朝帝位不能长久的原因。"谢安认为这是名言。

雅量第六

《雅量》是《世说新语》的第六门，共42则。雅量指豁达宽宏的气度。魏晋时期，士族名士特别推崇雅量，由此雅量成为当时人物品藻的一个重要尺度。本门所记载的就是魏晋名士们的雅量。

2. 嵇中散临刑东市，神气不变，索琴弹之，奏《广陵散》。曲终，曰："袁孝尼尝请学此《散》，吾靳固①不与，《广陵散》于今绝矣！"太学生三千人上书，请以为师，不许。文王亦寻悔焉。

译文

中散大夫嵇康被押赴刑场，将要被处决，但他依然神色不变，索要琴来弹奏，弹奏的曲子是《广陵散》。弹奏完后，他说："袁孝尼曾经请求学这支曲子，我因为舍不得，就不肯传给他，《广陵散》从今以后就要失传了！"当时，三千名太学生一起上书，请求拜嵇康为师，朝廷不准许。嵇康被杀后，晋文王司马昭很快就后悔了。

20. 过江初，拜官，舆饰供馔。羊曼拜丹阳尹，客来蚤者，并得佳设。日晏渐罄，不复及精，随客早晚，不问贵贱。羊固拜临海，竟日皆美供。虽晚至，亦获盛馔。时论以固之丰华，不如曼之真率。

译文

晋室过江南渡初期，新官接受任命时，都要准备宴席招待前来祝贺的人。羊曼出任丹阳尹时，客人来得早的，都能吃到丰盛的美味佳肴。来晚了，准备的东西逐渐吃完了，就不能再吃上精美的食物了，饮食随客人来的时间早晚而不同，不管官位高低贵贱。羊固出任临海太守时，从早到晚都备有精美的美酒佳肴。虽然有到得很晚的，也能吃上精美的酒食。当时的舆论认为羊固的宴席虽然丰盛、精美，但是为人比不上羊曼的真诚直率。

21. 周仲智饮酒醉，瞋目还面谓伯仁曰："君才不如弟，而横得重名！"须臾，举蜡烛火掷伯仁，伯仁笑曰："阿奴火攻，固出下策耳！"

译文

周仲智喝酒喝醉了，瞪着眼睛扭头对他哥哥伯仁说："您的才能比不上我，却无缘无故地获得了盛名！"接着，举起点着的蜡烛扔到伯仁身上，伯仁笑着说："阿奴，你用火攻，这实在是下策啊！"

---

①靳固：吝惜固执。

22.顾和始为扬州从事，月旦当朝，未入，顷停车州门外。周侯诣丞相，历和车边，和觅虱，夷然不动。周既过，反还，指顾心曰："此中何所有？"顾搏虱如故，徐应曰："此中最是难测地。"周侯既入，语丞相曰："卿州吏中有一令仆才。"

译文
顾和当初任扬州从事的时候，到初一该拜见长官了，他还没有进府，刚刚在州府门外把车停下。这时武城侯周顗也来拜见丞相王导，从顾和的车子旁边经过，顾和正在抓虱子，安闲自在，没有和他打招呼。周顗已经从他身边走过去了，又折转回来，指着顾和的心脏位置问道："这里面有些什么？"顾和仍然继续抓着虱子，慢吞吞地回答说："这里面是最难揣测的地方。"周顗进府后，告诉丞相王导说："你扬州府的下属里有一个可做尚书令或尚书仆射的人才。"

29.桓公伏甲设馔，广延朝士，因此欲诛谢安、王坦之。王甚遽，问谢曰："当作何计？"谢神意不变，谓文度曰："晋祚存亡，在此一行。"相与俱前，王之恐状，转见于色；谢之宽容，愈表于貌。望阶趋席，方作洛生咏，讽"浩浩洪流"。桓惮其旷远，乃趣解兵。王、谢旧齐名，于此始判优劣。

译文
桓温埋伏好甲士，安排好酒宴，邀请朝中官员前来赴宴，想趁此机会杀掉谢安和王坦之。王坦之非常恐惧，问谢安："应该采取什么办法？"谢安神色态度不变，对王坦之说："晋王朝的存亡，取决于我们这一次去的结果。"两人一起前去赴宴，王坦之内心的惊恐，转而表现在他的脸色上；谢安内心的宽舒从容，也在神色上表现得更加清楚。谢安到了台阶上就快步入座，模仿洛阳书生读书的声音，朗诵起"浩浩洪流"的诗篇。桓温慑服于他那种旷达的气度，便立即撤走了埋伏的甲士。最初王坦之和谢安名望相当，通过这件事就分出了高低。

识鉴第七

　　《识鉴》是《世说新语》第七门，共 28 则。识鉴指有见地和洞察力，具备鉴赏人物的能力。魏晋时代，注重人物品评，而进行人物品评的前提，是要具备识鉴能力。本门主要记载了魏晋时代具备识鉴能力的人物以及他们的言行。

4. 晋武帝讲武于宣武场，帝欲偃武修文，亲自临幸，悉召群臣。山公谓不宜尔，因与诸尚书言孙、吴用兵本意，遂究论，举坐无不咨嗟。皆曰："山少傅乃天下名言。"后诸王骄汰，轻遘①祸难，于是寇盗处处蚁合，郡国多以无备不能制服，遂渐炽盛，皆如公言。时人以谓山涛不学孙、吴，而暗与之理会。王夷甫亦叹云："公暗与道合。"

译文

晋武帝司马炎命令军队在宣武场讲授并练习武艺，他想停止武事，振兴文教，所以亲自到场，并且把群臣都召集来了。山涛认为不宜这样做，便和诸位尚书谈论孙武、吴起用兵的本意，他认真地和大家研究探讨，满座的人听了他的言论没有不赞叹的。大家都说："山少傅所谈论的才是天下的名言。"后来诸王骄恣放纵，轻率地造成祸乱，于是兵匪盗贼到处像蚂蚁一样纷纷聚合起来，各个郡国多数因为缺乏武装力量和武器装备而不能制服他们，终于逐渐猖獗蔓延开来，正像山涛所说的那样。当时人们认为山涛虽然不学孙、吴兵法，可是和他们的见解自然而然地相暗合了。王夷甫也慨叹道："山公所说的和常理相契合。"

6. 潘阳仲见王敦小时，谓曰："君蜂目已露，但豺声未振耳。必能食人，亦当为人所食。"

译文

潘阳仲看见王敦小时候的样子，就对他说："你已经显露出了胡蜂一样的眼神，只是还没有发出豺狼般的声音。你将来一定能吃掉他人，也会被他人吃掉。"

7. 石勒不知书，使人读《汉书》。闻郦食其劝立六国后，刻印将授之，大惊曰："此法当失，云何得遂有天下！"至留侯谏，乃曰："赖有此耳！"

译文

石勒不认识字，让别人读《汉书》给他听。当他听到郦食其劝刘邦把六国的后代立为王侯，而且刘邦马上下令雕刻印章，将要授予六国王族后代爵位时，大惊失色，说道："这

---

①遘(gòu)：通"构"，造成。

种做法会失去天下,为什么他最终又得到天下了呢?"当听到留侯张良劝阻刘邦这样做时,便说:"幸亏有这个人呀!"

10.张季鹰辟齐王东曹掾,在洛,见秋风起,因思吴中菰菜羹、鲈鱼脍,曰:"人生贵得适意尔,何能羁宦数千里以要名爵!"遂命驾便归。俄而齐王败,时人皆谓为见机。

译文

张季鹰担任齐王司马冏的东曹属官,在首都洛阳,他看见秋风起了,便想念家乡吴中的菰菜羹和鲈鱼脍,说道:"人生最可贵的就是能够顺从心意,怎么能寄居在远离家乡几千里外的地方做官来求取声名和爵位呢!"于是就辞官坐上车归家乡了。不久齐王司马冏兵败身亡,当时人们都认为张季鹰能洞察事情的苗头。

20.桓公将伐蜀,在事诸贤咸以李势在蜀既久,承藉累叶,且形据上流,三峡未易可克。唯刘尹云:"伊必能克蜀。观其蒲博,不必得,则不为。"

译文

桓温将要出兵讨伐蜀地,当时居官任事的贤明人士都认为李势在蜀地已经很久了,继承了好几代的基业,而且地理形势又居于上游,长江三峡不是轻易能够攻克的。只有丹阳尹刘真长说:"他一定能攻克蜀地。从他进行蒲博游戏时就可以看出,没有必胜的把握,他是不会干的。"

21.谢公在东山畜妓,简文曰:"安石必出。既与人同乐,亦不得不与人同忧。"

译文

谢安在东山隐居时,还养着歌伎舞女,简文帝司马昱说:"谢安一定会出仕的。他既会和人同乐,也就不得不和人同忧。"

赏誉第八

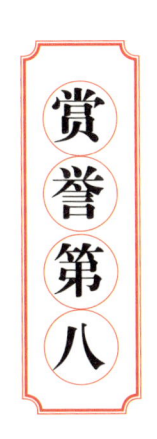

《赏誉》是《世说新语》第八门，共 156 则，也是本书记事则数最多的一门。赏誉指鉴赏并赞誉人物。魏晋时期盛行对人物的品评，本门主要记载了汉末魏晋时对当时人士的鉴赏赞誉，从中可以看出魏晋士族阶层的追求和审美标准。

8.裴令公目夏侯太初："肃肃如入廊庙中，不修敬而人自敬。"一曰："如入宗庙，琅琅但见礼乐器。""见钟士季，如观武库，但睹矛戟。见傅兰硕，江廧靡所不有。见山巨源，如登山临下，幽然深远。"

译文

中书令裴楷评论夏侯太初说："看到他就好像是进入了朝堂一样，恭恭敬敬的，他并没有让人们对他恭敬有礼，人们却自然会对他肃然起敬。"另一种说法是："看到他就好像是进入了宗庙之中，只见全是礼器和乐器，琳琅满目。""看见钟士季，好像是在参观武器仓库，满眼的矛和戟，全是兵器。看见傅兰硕，就像是看到一片汪洋大海，浩浩荡荡，无所不有。看见山巨源，就好像是登上山顶往下看，幽然深远啊！"

10.王戎目山巨源："如璞玉浑金，人皆钦其宝，莫知名其器。"

译文

王戎评论山涛说："山涛就像是未经雕琢的玉石和未经提炼的金子，人人都看重它是宝物，可是没有谁知道该给它取个什么名字。"

12.山公举阮咸为吏部郎，目曰："清真寡欲，万物不能移也。"

译文

山涛推荐阮咸出任吏部郎，评论阮咸说："品性纯真质朴，没有多少私欲，任何事物也改变不了他的志向。"

21.人问王夷甫："山巨源义理何如？是谁辈？"王曰："此人初不肯以谈自居，然不读《老》《庄》，时闻其咏，往往与其旨合。"

译文

有人问王夷甫："山巨源谈义理谈得怎么样？是和谁等级相当的？"王夷甫说："这

个人完全不肯以清谈家自居，可是他虽然不读《老子》《庄子》，常常听到他的言论，倒是处处和老庄思想相符合的。"

29. 林下诸贤，各有俊才子。籍子浑，器量弘旷。康子绍，清远雅正。涛子简，疏通高素。咸子瞻，虚夷有远志；瞻弟孚，爽朗多所遗。秀子纯、悌，并令淑有清流。戎子万子，有大成之风，苗而不秀。唯伶子无闻。凡此诸子，唯瞻为冠，绍、简亦见重当世。

译文

竹林七贤中的每个人都有才能出众的儿子。阮籍的儿子阮浑，气量宏大宽广。嵇康的儿子嵇绍，志向高洁远大，本性正直。山涛的儿子山简，通达俊爽，高尚清俭。阮咸的儿子阮瞻，恬淡寡欲，志向远大；阮瞻的弟弟阮孚，个性爽朗，不为政务牵累。向秀的儿子向纯、向悌都很善良文雅，德行高洁。王戎的儿子王万子，有集大成的风度，可惜英年早逝了。只有刘伶的儿子默默无闻。在所有这些人里面，唯独阮瞻可居于首位，嵇绍和山简在当时也很受重视。

88. 王右军道谢万石："在林泽中，为自遒①上。"叹林公："器朗神俊。"道祖士少："风领毛骨，恐没世不复见如此人。"道刘真长："标云柯而不扶疏。"

译文

右军将军王羲之评论谢万石说："在山林湖泽这种隐居的地方，自然是雄健超群。"赞叹支道林说："胸襟宽广，资质不凡。"评论祖士少说："风度比容貌更出众，恐怕我这辈子不会再见到这样的人。"评论刘真长说："像高耸入云的大树，虽然枝叶并不繁茂。"

---

①遒(qiú)：有力。

品藻第九

《品藻》是《世说新语》第九门，共 88 则。品藻指品评、鉴定人物。人物品藻就是人物评论，一般是指对人从形骨到神明做出审美评价和道德判断。本门主要记载了对当时名士进行品评、鉴定的标准和方法。

17. 明帝问谢鲲："君自谓何如庾亮？"答曰："端委庙堂，使百僚准则，臣不如亮；一丘一壑，自谓过之。"

译文

晋明帝司马绍问谢鲲："您认为自己和庾亮相比，谁更胜一筹？"谢鲲回答说："穿着朝服端立于朝堂之上，成为百官的楷模，这方面臣不如庾亮；而寄情于山水美景之中的志趣，臣自认为超过他。"

30. 时人道阮思旷："骨气不及右军，简秀不如真长，韶润不如仲祖，思致不如渊源，而兼有诸人之美。"

译文

当时的人们评论阮思旷说："在刚直不屈的人格操守方面比不上王右军，论及简约内秀比不上刘真长，在品性华美柔润方面比不上王仲祖，在才思和意趣上比不上殷渊源，可是却能兼有这几个人的长处。"

31. 简文云："何平叔巧累于理，嵇叔夜俊伤其道。"

译文

简文帝司马昱说："何平叔巧妙的言辞连累到他所说的玄理，嵇叔夜的卓越出众妨害了他的自然之道。"

35. 桓公少与殷侯齐名，常有竞心。桓问殷："卿何如我？"殷云："我与我周旋久，宁作我。"

译文

桓温年轻时和殷浩齐名，所以常常有一种竞争的心态。桓温问殷浩："你和我相比，谁更胜一筹？"殷浩回答说："我和我自己长期打交道，宁愿做我自己。"

汤一介引读《世说新语》—— 089

75. 谢公问王子敬："君书何如君家尊？"答曰："固当不同。"公曰："外人论殊不尔。"王曰："外人那得知！"

> **译文**
>
> 谢安问王子敬："您的书法和您父亲的书法相比，怎么样？"子敬回答说："本来就是不同的风格。"谢安说："外面的人绝不是这样认为的。"王子敬说："外人哪里会懂得！"

86. 桓玄为太傅，大会，朝臣毕集。坐裁①竟，问王桢之曰："我何如卿第七叔？"于时宾客为之咽气。王徐徐答曰："亡叔是一时之标，公是千载之英。"一坐欢然。

> **译文**
>
> 桓玄任太傅的时候，大会宾客，朝中大臣全都来了。大家才入座坐好，桓玄就问王桢之："我和你七叔王献之相比，谁更胜一筹？"当时在座的宾客都为王桢之紧张得不敢喘气。王桢之从容地回答说："亡叔是一代人的榜样，您是千年以来的英才。"满座的人听了都很开心。

87. 桓玄问刘太常曰："我何如谢太傅？"刘答曰："公高，太傅深。"又曰："何如贤舅子敬？"答曰："楂梨橘柚，各有其美。"

> **译文**
>
> 桓玄问太常卿刘瑾说："我和太傅谢安比起来，怎么样？"刘瑾回答说："您高明，太傅深沉。"桓玄又问："我和你的舅舅王子敬比起来，怎么样？"刘瑾回答说："山楂、梨子、橘子、柚子，各有各的美味，你们也各有各的长处。"

---

①裁：通"才"，刚刚。

规箴第十

《规箴》是《世说新语》第十门,共 27 则。规箴指劝勉告诫,即以正义之道劝人改正言行的不当之处。本门主要记载了数则劝勉告诫对方接受意见、改正失当之处的小故事。

2.京房与汉元帝共论,因问帝:"幽、厉之君何以亡?所任何人?"答曰:"其任人不忠。"房曰:"知不忠而任之,何邪?"曰:"亡国之君各贤其臣,岂知不忠而任之!"房稽首曰:"将恐今之视古,亦犹后之视今也。"

译文

京房和汉元帝在一起讨论时,趁机问汉元帝刘奭:"周幽王和周厉王为什么灭亡?他们所任用的是些什么人?"汉元帝回答说:"他们任用的人不忠。"京房又问:"明知任用的人不忠,还要任用,这是什么原因呢?"元帝说:"亡国的君主,每个都认为他的臣子是贤能的,哪里是明知不忠还要任用他呢!"京房于是跪拜匍匐在地,说道:"就怕我们现在看古人,也像后代的人看我们现在一样啊。"

4.孙休好射雉,至其时,则晨去夕反①。群臣莫不止谏:"此为小物,何足甚耽!"休曰:"虽为小物,耿介过人,朕所以好之。"

译文

吴帝孙休喜欢射野鸡,到了射猎野鸡的季节,就早出晚归。群臣都纷纷劝谏,希望他停止这种爱好,说:"这是小东西,哪里值得这么沉溺其中!"孙休说:"虽然野鸡是种小东西,可是比人还正直不阿,我是因此而喜欢它的。"

5.孙皓问丞相陆凯曰:"卿一宗在朝有几人?"陆曰:"二相、五侯、将军十余人。"皓曰:"盛哉!"陆曰:"君贤臣忠,国之盛也;父慈子孝,家之盛也。今政荒民弊,覆亡是惧,臣何敢言盛!"

译文

吴帝孙皓问丞相陆凯说:"你们这个家族在朝中做官的有多少人?"陆凯回答说:"两个丞相、五个侯爵,还有十几个将军。"孙皓说:"真是家族兴旺啊!"陆凯说:"君主贤明,臣子忠诚,这是国家兴旺的象征;父母慈爱,儿女孝顺,这是家庭兴旺的象征。现在政务荒废,百姓疲惫困苦,臣唯恐国家灭亡,怎么敢说家族兴旺啊!"

①反:同"返"。

17. 陆玩拜司空，有人诣之，索美酒，得，便自起泻著梁柱间地，祝曰："当今乏才，以尔为柱石之用，莫倾人栋梁。"玩笑曰："戢卿良箴。"

译文

陆玩就任司空，有位客人去看望他，向他要一杯美酒，酒拿来了后，客人便站了起来，把酒倾倒在顶梁柱旁边的地上，祝告说："当今社会缺少好的材料，才用你做柱石，你可千万不要让人家的房梁塌下来。"陆玩听了笑着说："我会记住你的劝诫之言的。"

24. 远公在庐山中，虽老，讲论不辍。弟子中或有堕者，远公曰："桑榆之光，理无远照；但愿朝阳之晖，与时并明耳！"执经登坐，讽诵朗畅，词色甚苦。高足之徒，皆肃然增敬。

译文

慧远和尚住在庐山里，虽然年纪大了，还在不断地宣讲佛经。弟子中有人偷懒，不肯好好学，慧远就说："我像傍晚照在桑树、榆树上的落日余晖，按理说不会照得久远了；但愿你们像早晨的阳光，随着时间的流逝越来越明亮呀！"于是拿着佛经，登上讲坛，诵经声音响亮而流畅，言辞神态非常恳切。高足弟子们对远公都更加肃然起敬了。

27. 桓玄欲以谢太傅宅为营，谢混曰："召伯之仁，犹惠及甘棠；文靖之德，更不保五亩之宅？"玄惭而止。

译文

桓玄想把太傅谢安的住宅拿来作为军营，谢混说："召伯的仁爱，尚且能给甘棠树带来好处；文靖的恩德，难道竟保不住五亩大小的住宅吗？"桓玄听了后感到很惭愧，就不再提这件事了。

捷悟第十一

《捷悟》是《世说新语》第十一门,共 7 则。捷悟指敏捷的悟性,即领悟问题迅速、准确。本门记载的 7 则故事中,主人公都能在面对突发事件时,做出快速而正确的分析和理解,并采取了相应的、合适的、正确的方法进行处理。

1. 杨德祖为魏武主簿，时作相国门，始构榱桷①，魏武自出看，使人题门作"活"字，便去。杨见，即令坏之。既竟，曰："门中'活'，'阔'字。王正嫌门大也。"

译文

杨德祖任魏武帝曹操的主簿，当时正在修建相国府的大门，刚架好屋椽，曹操亲自出来查看，看完后让人在门上写了个"活"字，然后就走了。杨德祖看见了，立刻让人把门拆了。拆完之后，他解释说："门里加个'活'字，是'阔'字。魏王正是嫌门太大了。"

2. 人饷魏武一杯酪，魏武啖少许，盖头上题"合"字以示众，众莫能解。次至杨修，修便啖，曰："公教人啖一口也，复何疑！"

译文

有人送给魏武帝曹操一杯奶酪，曹操吃了一点，就在盖头上写了一个"合"字，然后给大家看，众人都没能看懂是什么意思。传到杨修手里，杨修看后便吃了一口奶酪，说："曹公是让我们每人吃一口呀，还怀疑什么！"

6. 郗司空在北府，桓宣武恶其居兵权。郗于事机素暗，遣笺诣桓："方欲共奖王室，修复园陵。"世子嘉宾出行，于道上闻信至，急取笺，视竟，寸寸毁裂，便回。还更作笺，自陈老病，不堪人间，欲乞闲地自养。宣武得笺大喜，即诏转公督五郡、会稽太守。

译文

司空郗愔镇守京口的时候，桓温不喜欢他掌握兵权。郗愔对当前形势一向不太清楚，还派人送信给桓温说："正想和您一起辅佐王室，修复被敌人毁坏的先帝陵寝。"当时他的嫡长子郗嘉宾正到外地去，在半路听说送信的人到了，急忙拿过他父亲的信来看，看完了，把信撕得粉碎，就马上返回家去，又代替他父亲另外写了封信，诉说自己年老多病，不能应付世俗公务，想找个清静的地方自我调养。桓温收到信非常高兴，立刻下令把郗愔调为都督五郡军事、会稽太守。

①榱(cuī)桷(jué)：屋椽。

夙惠第十二

《夙惠》是《世说新语》第十二门，共7则。夙惠，同"夙慧"，即早慧，指从小就聪慧过人。本门记载的7则故事，集中展示了汉末魏晋时期一些名士在少年时期的杰出表现。

2. 何晏七岁，明惠若神，魏武奇爱之。因晏在宫内，欲以为子。晏乃画地令方，自处其中。人问其故，答曰："何氏之庐也。"魏武知之，即遣还。

译文

何晏七岁的时候，聪明过人，魏武帝曹操特别喜爱他。因为何晏在曹操府第里长大，曹操想认他做儿子。何晏便在地上画了个方框，自己站在方框里面。别人问他是什么意思，他回答说："这是何家的房子。"曹操知道了这件事，于是就把他送回了何家。

3. 晋明帝数岁，坐元帝膝上。有人从长安来，元帝问洛下消息，潸然①流涕。明帝问何以致泣，具以东渡意告之。因问明帝："汝意谓长安何如日远？"答曰："日远。不闻人从日边来，居然可知。"元帝异之。明日集群臣宴会，告以此意，更重问之。乃答曰："日近。"元帝失色，曰："尔何故异昨日之言邪？"答曰："举目见日，不见长安。"

译文

晋明帝司马绍才几岁的时候，一次，他坐在父亲晋元帝司马睿腿上。当时有人从长安来到建康，元帝问起洛阳的情况，忍不住潸然泪下。明帝问父亲什么事导致他哭泣，元帝就把过江到江东来，是为了建立一个复兴帝室的基地的意图告诉他。于是元帝就问明帝："你看长安和太阳相比，哪个更远？"明帝回答说："太阳更远。没听说过有人从太阳那边来，显然可知太阳更远。"元帝对他的回答感到很惊奇。第二天，元帝召集群臣宴饮，就把明帝这个回答告诉大家，并且又重问了他一遍这个问题，不料明帝却回答说："太阳近。"元帝大惊失色，问他："你为什么和昨天说的不一样呢？"明帝回答说："因为现在抬起头就能看见太阳，可是看不见长安。"

---

① 潸(shān)然：流泪的样子。

汤一介引读《世说新语》 —— 097

5. 韩康伯数岁，家酷贫，至大寒，止得襦①。母殷夫人自成之，令康伯捉熨斗。谓康伯曰："且著襦，寻作复裈②。"儿云："已足，不须复裈也。"母问其故，答曰："火在熨斗中而柄热，今既著襦，下亦当暖，故不须耳。"母甚异之，知为国器。

译文
韩康伯几岁时，家里非常穷，到了严寒的冬天，也只能穿上一件短袄。短袄是他母亲殷夫人亲手做的，做的时候叫康伯拿着熨斗取暖。母亲告诉康伯说："暂时先穿上短袄，我马上就给你做夹裤。"康伯说："这已经够了，不再需要夹裤了。"母亲问他为什么，他回答说："火在熨斗里面，而熨斗柄也会热；现在我已经穿上了短袄，下身就会暖和的，所以不需要再做夹裤了。"他母亲听了之后非常惊奇，知道他将来会是个治国的人才。

6. 晋孝武年十二，时冬天，昼日不著复衣，但著单练衫五六重，夜则累茵褥。谢公谏曰："圣体宜令有常。陛下昼过冷，夜过热，恐非摄养之术。"帝曰："昼动夜静。"谢公出，叹曰："上理不减先帝。"

译文
晋孝武帝司马曜十二岁时，在冬天，他白天不穿暖和的夹衣，只穿五六件丝绸做的单衣；夜里却铺着两层被褥睡觉。谢安规劝他说："圣上应该生活得有规律。陛下您现在这样，会白天过冷，夜里过热，这恐怕不是养生之道。"孝武帝说："白天活动着就不会觉得冷，夜里安静下来就不会觉得热。"谢安告退出来，感叹道："皇上说理的水平不比先帝差啊。"

---

①襦（rú）：短袄。
②裈（kūn）：满裆裤。

豪爽第十三

《豪爽》是《世说新语》第十三门,共13则。豪爽指气度豪迈,性情直爽。魏晋时代,士族阶层推崇豪迈直爽的风姿气度。本门所记载的主要是士族阶层在各个方面的豪爽表现。

1.王大将军年少时,旧有田舍名,语音亦楚。武帝唤时贤共言伎艺①事,人皆多有所知,唯王都无所关,意色殊恶,自言知打鼓吹。帝令取鼓与之,于坐振袖而起,扬槌奋击,音节谐捷,神气豪上,傍若无人。举坐叹其雄爽。

译文

大将军王敦年轻的时候,曾有乡巴佬之称,说话时的口音很重。一次,晋武帝司马炎召来当时的名流一起谈论有关技艺的事,别人大多都懂得一些,只有王敦一副完全不关心的样子,且脸上的神情显得非常不高兴,自称只懂得打鼓。武帝命人拿鼓给他,他马上从座位上振臂而起,举起鼓槌,精神振奋地击起鼓来,鼓音和谐急促;王敦看上去则气概豪迈,好像身旁没有人一样。满座的人都赞叹他的雄健豪爽。

2.王处仲,世许高尚之目。尝荒恣于色,体为之敝。左右谏之,处仲曰:"吾乃不觉尔,如此者,甚易耳。"乃开后阁,驱诸婢妾数十人出路,任其所之。时人叹焉。

译文

王处仲,世人以高尚一词来品评赞许他。他曾经放纵沉迷于女色,身体也因此受到损害。身边的人为此规劝他,处仲说:"我竟然没有察觉到危害,既然这样,这也是很容易解决的。"于是打开府中的后门,把几十个婢妾都放出去,打发上路,任凭她们到哪里去。当时的人对此都赞叹不已。

4.王处仲每酒后,辄咏"老骥伏枥,志在千里;烈士暮年,壮心不已"。以如意打唾壶,壶口尽缺。

译文

王处仲每次喝完酒后,就吟咏曹操的《步出夏门行·龟虽寿》诗:"老骥伏枥,志在千里;烈士暮年,壮心不已。"一边吟诗,一边拿如意敲打着唾壶打拍子,壶口全都被敲缺了。

①伎艺:技能。

7.庾稚恭既常有中原之志，文康时，权重未在己。及季坚作相，忌兵畏祸，与稚恭历同异者久之，乃果行。倾荆、汉之力，穷舟车之势，师次于襄阳。大会参佐，陈其旌甲，亲授弧矢，曰："我之此行，若此射矣！"遂三起三叠。徒众属目，其气十倍。

译文

庾稚恭一直就有收复中原的志向，可是他大哥庾亮当政时，军事大权不在自己手里。等到二哥庾季坚做丞相时，害怕兵祸之灾，和稚恭经历了长时间的是否北伐的争论，才决定出兵北伐。庾稚恭出动荆州、汉水一带的全部力量，调集了所有的车船，率领军队驻扎于襄阳。在襄阳，他召集所有下属开会，摆开军队的阵势，亲自拿起弓箭，准备拉弓射箭，说："我这一次出征，结果如何，就看我射出的箭了！"于是连发三箭，三发三中。士兵们全神贯注地观看，大为振奋，士气顿时增长了十倍。

10.桓石虔，司空豁之长庶也，小字镇恶。年十七八，未被举，而童隶[①]已呼为镇恶郎。尝住宣武斋头。从征枋头，车骑冲没陈，左右莫能先救。宣武谓曰："汝叔落贼，汝知不？"石虔闻之，气甚奋，命朱辟为副，策马于数万众中，莫有抗者，径致冲还，三军叹服。河朔后以其名断疟。

译文

桓石虔是司空桓豁的庶出长子，小名叫镇恶。十七八岁时，虽然身份地位还没有得到正式承认，而奴仆们已经称呼他为镇恶郎了。他曾住在伯父桓温家里，后来跟随桓温出征北伐，一直打到枋头。在一次战斗中，他的叔父车骑将军桓冲陷入敌阵，他手下的人没有谁能抢先去救他。桓温告诉石虔说："你叔父陷入敌人阵中，你知道吗？"石虔听了，斗志昂扬，命令朱辟做副手，策马扬鞭，冲入几万敌军的重重包围之中，没有人能抵挡得住他。他径直冲入敌阵，把桓冲救了回来，全军将士都十分惊叹佩服。后来黄河以北的居民就拿他的名字来吓退疟鬼，治愈疟疾。

---

①童隶：童仆。

容止第十四

《容止》是《世说新语》第十四门,共39则。容止指仪容举止。仪容举止是魏晋风流的重要组成部分之一。本门主要记载了当时士族阶层所推崇的仪容举止,从中可以看出魏晋时期士人的审美情趣及精神状态。

2. 何平叔美姿仪，面至白。魏明帝疑其傅粉，正夏月，与热汤饼。既啖，大汗出，以朱衣自拭，色转皎然。

> **译文**
> 何平叔相貌俊美，脸非常白。魏明帝曹叡怀疑他搽了粉，想验证一下，当时正好是夏天，就给他吃热的汤面。何平叔吃完后，大汗淋漓，便随手用身上穿的红色衣服来擦自己的脸，脸色反而更加光洁白皙。

5. 嵇康身长七尺八寸，风姿特秀。见者叹曰："萧萧肃肃，爽朗清举。"或云："肃肃如松下风，高而徐引。"山公曰："嵇叔夜之为人也，岩岩若孤松之独立；其醉也，傀俄① 若玉山之将崩。"

> **译文**
> 嵇康身高七尺八寸，风度姿态秀美出众。见到他的人都赞叹说："他举止潇洒脱俗，个性清逸淡定，为人豪爽开朗，外形清俊挺拔。"有人说："他像松树间沙沙作响的风声，高远而舒缓悠长。"山涛评论他说："嵇叔夜的为人，像高大挺拔的孤松一般傲然独立；他喝酒后的醉态，像高大雄伟的玉山快要倒塌一样。"

6. 裴令公目王安丰："眼烂烂② 如岩下电。"

> **译文**
> 中书令裴楷评论安丰县侯王戎说："王戎的眼睛闪闪发亮，好像山岩下划过的闪电一般。"

7. 潘岳妙有姿容，好神情。少时挟弹出洛阳道，妇人遇者，莫不连手共萦之。左太冲绝丑，亦复效岳游遨，于是群妪齐共乱唾之，委顿而返。

---

① 傀(kuǐ)俄：倾颓的样子。
② 烂烂：明亮的样子。

译文

潘岳有俊美的容貌和美好的神态风度。年轻时拿着弹弓走在洛阳的大街上,妇人们遇到他,没有不手拉手地围住他的。左太冲长得非常丑陋,他也效仿潘岳那样到处游逛,但是遇到的妇女们都向他乱吐唾沫,以至于他回来时狼狈不堪。

13. 刘伶身长六尺,貌甚丑悴,而悠悠忽忽,土木形骸。

译文

刘伶身高六尺,相貌丑陋,模样憔悴,可是他悠闲懒散,把身体当成土木一样,整日头发蓬乱,穿着粗布衣服,不加任何修饰,质朴天然。

19. 卫玠从豫章至下都,人久闻其名,观者如堵墙。玠先有羸疾,体不堪劳,遂成病而死。时人谓看杀卫玠。

译文

卫玠从豫章郡到京都时,因为人们早已听过他的名声,所以来看他的人非常多,围得像一堵墙。卫玠本来身体就羸弱多病,身体受不了这种劳累,于是生病了,最终病重而死。当时的人说是因为太多人观看导致了卫玠的死亡。

30. 时人目王右军:"飘如游云,矫若惊龙。"

译文

当时的人评论右军将军王羲之说:"像天上的游云一样飘逸,像海里的惊龙一样矫健。"

自新第十五

　　《自新》是《世说新语》第十五门，共 2 则，是全书记事则数最少的一门。自新指自觉改正错误，重新做人。本门的 2 则故事，主要是说明有错误要及时改正，有才能要用到正道上，而后必定会有所成就。

1. 周处年少时，凶强侠气，为乡里所患。又义兴水中有蛟，山中有邅迹虎，并皆暴犯百姓，义兴人谓为"三横"，而处尤剧。或说处杀虎斩蛟，实冀三横唯余其一。处即刺杀虎，又入水击蛟。蛟或浮或没，行数十里，处与之俱。经三日三夜，乡里皆谓已死，更相庆。竟杀蛟而出。闻里人相庆，始知为人情所患，有自改意。乃自吴寻二陆，平原不在，正见清河。具以情告，并云："欲自修改，而年已蹉跎，终无所成。"清河曰："古人贵朝闻夕死，况君前途尚可。且人患志之不立，亦何忧令名不彰邪！"处遂改励，终为忠臣孝子。

译文

周处年轻时，凶暴强横，讲义气，乡里人认为他是个祸害。加上义兴郡河里有一条蛟龙，山上有一只跛脚虎，都危害百姓的安危，义兴人把他们叫作"三横"，而三者中周处危害最大。有人劝说周处去杀死老虎，斩杀蛟龙，其实是希望"三横"只剩下一个。周处立刻上山刺杀了老虎，又下河去斩杀蛟龙。蛟龙时而浮出水面，时而潜入水中，游了几十里，周处始终和蛟龙在一起搏斗，经过了三天三夜，乡亲们都认为他已经死了，于是互相庆贺。没想到周处竟然杀死了蛟龙，从水里出来了。他听说乡亲们互相庆贺，才知道自己是人们心中所痛恨的人，就有了改过自新的打算。于是他到吴郡寻找陆机、陆云兄弟，平原内史陆机不在家，只见到清河内史陆云。周处就把事情一五一十地告诉了陆云，并且说："我想改正错误，重新做人，可是已经虚度了很多光阴，恐怕终究不会有什么成就。"陆云说："古人尚且认为早上听到了真理，就算晚上死去也不算虚度此生，何况您的前途还很远大。再说，一个人就怕不能立志，又何必担心美名不能彰显呢！"于是周处便改正错误，振作起来，终于成了忠臣孝子。

企羡第十六

　　《企羡》是《世说新语》第十六门，共6则。企羡，意为企望羡慕，敬仰思慕。本门主要记载了魏晋名士之间对对方的衣着、打扮、气度、作品等羡慕的言语和行为，表现了那个时代的风气和时尚。

1. 王丞相拜司空，桓廷尉作两髻、葛裙、策杖，路边窥之。叹曰："人言阿龙超，阿龙故自超！"不觉至台门。

译文

丞相王导被委任为司空，就任的时候，廷尉桓彝梳起两个发髻，穿着葛裙，拄着拐杖，在路边观看。桓彝赞叹说："人们说阿龙卓越出众，阿龙确实很出众！"不觉一路跟随到了官府大门口。

2. 王丞相过江，自说昔在洛水边，数[①]与裴成公、阮千里诸贤共谈道。羊曼曰："人久以此许卿，何须复尔！"王曰："亦不言我须此，但欲尔时不可得耳！"

译文

丞相王导过江以后，自己说起以前在洛水岸边，经常和裴𬱟、阮千里等诸位贤士一起谈论老庄学说的往事。羊曼说："人们早就因为这件事称赞过你，哪里还需要再说呢！"王导说："也不是说我需要这样做，只是感叹那样畅快的时光不会再有啊！"

6. 孟昶未达时，家在京口。尝见王恭乘高舆，被鹤氅[②]裘。于时微雪，昶于篱间窥之，叹曰："此真神仙中人！"

译文

孟昶还没有发达显贵时，家住在京口。有一次看见王恭坐在高高的马车上，穿着鹤氅裘。当时下着零星小雪，孟昶在篱笆后面偷偷地看着王恭，不由得赞叹道："这真是神仙中人啊！"

---

①数(shuò)：屡次。
②氅(chǎng)：外套。

伤逝第十七

《伤逝》是《世说新语》第十七门，共 19 则。伤逝指怀念已经故去的人。本门记载的内容主要是魏晋时士族阶层的名士们怀念逝去的故人，表达了深切的哀思。

2. 王濬冲为尚书令，著公服，乘轺车①，经黄公酒垆下过。顾谓后车客："吾昔与嵇叔夜、阮嗣宗共酣饮于此垆。竹林之游，亦预其末。自嵇生夭、阮公亡以来，便为时所羁绁。今日视此虽近，邈若山河。"

译文

王濬冲任尚书令时，一日穿着官服，坐着轻便的马车，从黄公酒垆旁经过。他回头对后面车里的客人说："我从前和嵇叔夜、阮嗣宗一起在这个酒垆里开怀畅饮过。竹林中的交游，我也参与其中，跟在他们的后面。自从嵇生早逝、阮公亡故以来，我就被世事纠缠束缚住了。今天看着这间酒垆虽然离我很近，回忆种种过往，却像隔着山河一样遥远。"

4. 王戎丧儿万子，山简往省之，王悲不自胜。简曰："孩抱中物，何至于此！"王曰："圣人忘情，最下不及情；情之所钟，正在我辈。"简服其言，更为之恸。

译文

王戎的儿子万子死了，山简去探望他，王戎悲伤得不能自持。山简说："一个怀抱中的婴儿罢了，怎么能悲痛到这个地步！"王戎说："圣人看破红尘，无喜怒哀乐之情；最下等的人为生活所迫，谈不上有感情；感情最集中的，正是我们这一类人啊。"山简很佩服他的话，更加为他感到悲痛。

7. 顾彦先平生好琴，及丧，家人常以琴置灵床上。张季鹰往哭之，不胜其恸，遂径上床鼓琴，作数曲竟，抚琴曰："顾彦先颇复赏此不？"因又大恸，遂不执孝子手而出。

译文

顾彦先平生喜欢弹琴，当他死后，家人常把琴放在灵座上。张季鹰去吊丧，非常悲痛，便径直坐在灵座上弹琴，弹完了几曲，抚摸着琴说道："顾彦先还能再欣赏这个吗？"说到这里又感到悲痛至极，竟没有和孝子握手就出去了。

---

①轺(yáo)车：轻便的小马车。

11. 支道林丧法虔之后，精神霣丧①，风味转坠。常谓人曰："昔匠石废斤于郢人，牙生辍弦于钟子，推己外求，良不虚也。冥契既逝，发言莫赏，中心蕴结，余其亡矣！"却后一年，支遂殒。

译文

支道林在法虔去世以后，精神萎靡不振，风度也日渐丧失。他常对人说："从前有一位叫石的工匠，因为和他配合默契的郢人死去了，就不再用斧子；伯牙因为知音钟子期去世，就终生不再弹琴。推己及人，这确实不假啊！默契的知己已经去世，说出的话再也无人欣赏，心中感到郁结难解，我大概快要死了！"过了一年，支道林果然也离世了。

13. 戴公见林法师墓，曰："德音未远，而拱木已积。冀神理绵绵，不与气运俱尽耳！"

译文

戴逵看见支道林法师的坟墓，说："有益之言还留在耳边，可是墓上的树木已经长成大树连成一片了。希望您那精湛的玄理能绵延不断地流传下去，不会和您的寿命一起完结！"

17. 孝武山陵②夕，王孝伯入临，告其诸弟曰："虽榱桷惟新，便自有《黍离》之哀。"

译文

晋孝武帝司马曜驾崩了，举行夕祭的时候，王孝伯进京哭灵，告诉他的几个弟弟说："虽然陵墓是新的，却让人心里生出《黍离》那样的悲哀之情。"

---

①霣（yǔn）丧：消沉。
②山陵：指帝王之死。

栖逸第十八

　　《栖逸》是《世说新语》第十八门，共 17 则。栖逸，指隐遁不出仕。本门主要记载了魏晋时期的隐士们的生活状态和隐居志向。

1.阮步兵啸，闻数百步。苏门山中，忽有真人，樵伐者咸共传说。阮籍往观，见其人拥膝岩侧；籍登岭就之，箕踞相对。籍商略终古，上陈黄、农玄寂之道，下考三代盛德之美，以问之，仡然不应。复叙有为之教、栖神导气之术以观之，彼犹如前，凝瞩不转。籍因对之长啸。良久，乃笑曰："可更作。"籍复啸。意尽，退，还半岭许，闻上㘓然有声，如数部鼓吹，林谷传响。顾看，乃向人啸也。

译文

步兵校尉阮籍吹口哨，声音能传数百步那么远。苏门山里忽然来了个得道的真人，上山砍柴的樵夫们都这么传说。阮籍便去苏门山查探情况，看见那个人抱膝坐在山岩上，于是就登上山岭去见他，两人都伸开两腿对坐着。阮籍评论自古以来的事，往上述说黄帝、神农时代玄妙虚无的道理，往下考究夏、商、周三代深厚的美德，并拿这些来问他，那人屹然不动，也不回答他的问题。阮籍又另外说到儒家有所作为的主张，道家凝神专一、摄气运息的方法，来看他的反应，他还是像先前那样，目不转睛地凝视着阮籍，一言不发。阮籍便对着他吹了个长长的口哨儿。过了好一会儿，他才笑着说："可以再吹一次。"阮籍又吹了一次。待到意兴已尽，阮籍便下山回去，大约退回到半山腰处，听到山顶上众音齐鸣，好像几架乐器在进行合奏，树林山谷中也传来了回声。阮籍回头一看，原来是刚才那个人在吹口哨。

2.嵇康游于汲郡山中，遇道士孙登，遂与之游。康临去，登曰："君才则高矣，保身之道不足。"

译文

嵇康到汲郡的山里游玩，遇见道士孙登，便和他结为朋友。嵇康临走时，孙登说："您的才情是非常杰出的，可是保全自身的方法还欠缺些。"

3.山公将去选曹，欲举嵇康，康与书告绝。

译文

山涛将不再担任选曹郎，准备推荐嵇康代替他担任选曹郎一职。嵇康知道了，就写了一封信给他，宣布与他绝交。

4. 李廞是茂曾第五子，清贞有远操，而少羸病，不肯婚宦。居在临海，住兄侍中墓下。既有高名，王丞相欲招礼之，故辟为府掾。廞得笺命，笑曰："茂弘乃复以一爵假人。"

译文

李廞是李茂曾的第五个儿子，品性清白坚贞，有高远的节操，可是从小就体弱多病，所以不肯结婚做官。他居住在临海郡，住在他兄长侍中李式的陵园里。因为他有很高的名望，丞相王导想招请并礼待他，所以征召他来做丞相府的属官。李廞拿到王导的任命文书，笑着说："茂弘竟然拿一个官爵来雇佣人。"

6. 阮光禄在东山，萧然无事，常内足于怀。有人以问王右军，右军曰："此君近不惊宠辱，虽古之沈冥，何以过此。"

译文

光禄大夫阮裕早期隐居东山，清静悠闲，无世事相扰，内心一直很知足。有人以此问右军将军王羲之，王羲之说："这位先生已近于不因荣辱而动心的境界，就是古时的隐士，在这一方面也未必能超过他啊！"

12. 戴安道既厉操东山，而其兄欲建式遏之功。谢太傅曰："卿兄弟志业，何其太殊？"戴曰："下官不堪其忧，家弟不改其乐。"

译文

戴安道在东山隐居，磨炼情操，他哥哥戴逯却想保卫国家，建功立业。太傅谢安对他哥哥说："你们兄弟二人的志向和事业，差异为什么那么大呢？"戴逯回答说："下官受不了隐居的那种忧愁，舍弟却改不了隐居的那种乐趣。"

贤媛第十九

《贤媛》是《世说新语》第十九门,共32则。贤媛,指德才兼备的贤良女子。本门主要记载了魏晋时期24位德才兼备的贤媛的事迹。

2.汉元帝宫人既多,乃令画工图之,欲有呼者,辄披图召之。其中常者,皆行货赂。王明君姿容甚丽,志不苟求,工遂毁为其状。后匈奴来和,求美女于汉帝,帝以明君充行。既召见而惜之,但名字已去,不欲中改,于是遂行。

译文

汉元帝刘奭后宫的妃嫔太多了,于是就派画工去画下她们的模样,想要召见她们时,就翻看画像册,按画像来决定召见谁。妃嫔中那些相貌一般的人,都向画工行贿。王昭君容貌非常美丽,不愿意用不正当的手段去乞求画工,于是画工在为她画像时,就丑化了她的容貌。后来匈奴前来求和,向汉元帝请求赐予美女,汉元帝便拿王昭君充当美女,令她嫁去匈奴。临行前,元帝召见了王昭君,看见她容貌出众,于是又很惋惜不舍,但是名字已经告知了匈奴,不想中途更改,于是昭君终于还是远嫁去了匈奴。

3.汉成帝幸赵飞燕,飞燕谗班婕妤祝诅,于是考问。辞曰:"妾闻死生有命,富贵在天。修善尚不蒙福,为邪欲以何望!若鬼神有知,不受邪佞之诉;若其无知,诉之何益!故不为也。"

译文

汉成帝刘骜很宠爱赵飞燕,飞燕诬陷班婕妤,说她诅咒皇帝,于是成帝下令拷问班婕妤。班婕妤供述说:"我听说生死由命运来决定,富贵由天意来安排。做好事尚且不一定能蒙受福泽,那我做坏事又想得到什么呢!如果鬼神有知觉,就不会接受那种邪恶谄佞的祷告;如果鬼神没有知觉,向它祷告又有什么用处呢!所以我是不会做这种事的。"

9.王公渊娶诸葛诞女。入室,言语始交,王谓妇曰:"新妇神色卑下,殊不似公休。"妇曰:"大丈夫不能仿佛彦云,而令妇人比踪英杰!"

译文

王公渊娶诸葛诞的女儿为妻。进入新房,夫妻刚交谈不久,王公渊就对妻子说:"新娘子神情面色不太高贵,这点很不像你父亲诸葛公休啊。"他妻子说:"你身为男子汉大丈夫,不能和你父亲王彦云相比肩,却要求我一个妇人和英雄豪杰并驾齐驱!"

11.山公与嵇、阮一面,契若金兰。山妻韩氏,觉公与二人异于常交,问公。公曰:"我当年可以为友者,唯此二生耳!"妻曰:"负羁之妻亦亲观狐、赵,意欲窥之,可乎?"他日,二人来,妻劝公止之宿,具酒肉。夜穿墉①以视之,达旦忘反。公入曰:"二人何如?"妻曰:"君才致殊不如,正当以识度相友耳。"公曰:"伊辈亦常以我度为胜。"

译文

山涛和嵇康、阮籍见一次面后,就情意相投。山涛的妻子韩氏,发现山涛和嵇康、阮籍两人的交情很不一般,就问山涛。山涛说:"我有生之年可以看成朋友的人,只有这两位先生罢了!"他妻子说:"僖负羁的妻子曾亲自观察过狐偃和赵衰,我也想偷偷观察一下嵇康和阮籍,可以吗?"有一天,他们两人来了,山涛的妻子韩氏就劝山涛留他们住下来,并且为他们准备好酒肉。到夜里,她就在墙上挖个洞来观察他们,一直看到天亮,都忘了回去。山涛进入里屋问道:"这两个人怎么样?"他妻子说:"您的才华远远比不上他们,只能靠见识、气度和他们相交为友罢了。"山涛说:"他们也常常认为我的见识气度更胜一筹。"

20.陶公少时作鱼梁吏,尝以坩②鲊③饷母。母封鲊付使,反书责侃曰:"汝为吏,以官物见饷,非唯不益,乃增吾忧也。"

译文

陶侃年轻时做过监管鱼梁的小吏,曾经送去一罐腌鱼给母亲享用。他母亲又把腌鱼封好,交给来人带回去,并且回信责备陶侃说:"你作为官吏,却拿公家的东西送给我,这不但没有任何好处,反而增加了我的忧虑。"

---

①墉(yōng):城墙,高墙。
②坩(gān):陶器。
③鲊(zhǎ):腌制的鱼。

术解第二十

　　《术解》是《世说新语》第二十门，共 11 则。术解，指精通技艺或方术。技艺指富于技巧性的技能，方术指医学、卜筮等术。本门记载的主要是几位精通技艺或方术的魏晋时期名士的故事。

1.荀勖善解音声，时论谓之"暗解"。遂调律吕，正雅乐。每至正会，殿庭作乐，自调宫商，无不谐韵。阮咸妙赏，时谓"神解"。每公会作乐，而心谓之不调。既无一言直勖，意忌之，遂出阮为始平太守。后有一田父耕于野，得周时玉尺，便是天下正尺。荀试以校己所治钟鼓、金石、丝竹，皆觉短一黍，于是伏阮神识。

译文

荀勖善于辨别乐音，当时的舆论认为他能自然而然地领会乐音的正确与否，是"暗解"。他于是负责调整音律，校正雅乐。每到正月初一举行朝贺礼时，殿堂上演奏音乐，他亲自调整音律，音调无不和谐。阮咸对音乐有很高的鉴赏水平，当时的舆论认为他对乐律有极高的悟性，是"神解"。每逢朝廷集会奏乐，他心里都认为音律不协调。他没有提出一点意见来纠正荀勖，荀勖心里很忌恨他，于是将他调离京都，出任始平太守。后来有一个农民在地里干活时，得到一把周代玉尺，这就是天下的标准尺。荀勖试着用它来校对自己所调试的钟鼓、金石、丝竹等各种乐器的律管，都比标准尺短了一粒米的长度，于是这才佩服阮咸见识确实高明。

2.荀勖尝在晋武帝坐上食笋进饭，谓在坐人曰："此是劳薪炊也。"坐者未之信，密遣问之，实用故车脚。

译文

荀勖曾经在晋武帝司马炎的宴席上一边吃笋一边吃饭，他对在座的人说："这是拿使用过度的木材作柴火烹饪而成的。"在座的人都不相信，暗中派人去问厨师，原来确实是用旧的车轮作柴火烹饪而成的。

4.王武子善解马性。尝乘一马，著连钱障泥，前有水，终日不肯渡。王云："此必是惜障泥。"使人解去，便径渡。

译文

王武子善于了解马的脾性。他曾经骑马外出，马背上的马鞍下面垫着有连钱花纹的垫子，碰到前面有条小河，马一整天都不肯渡水过河。王武子说："这一定是马爱惜垫子的缘故。"命人解下垫子，马果然就径直渡水过去了。

巧艺第二十一

《巧艺》是《世说新语》第二十一门,共 14 则。巧艺,指精巧的技艺。本门中描述的技艺主要是指棋琴书画、建筑、骑射等。

2.陵云台楼观精巧，先称平众木轻重，然后造构，乃无锱铢相负揭。台虽高峻，常随风摇动，而终无倾倒之理。魏明帝登台，惧其势危，别以大材扶持之，楼即颓坏。论者谓轻重力偏故也。

译文

陵云台楼台精巧，建造之前先称过所有木材的轻重，使四面所用木材的重量相等，然后才构筑楼台，因此四面木材的重量没有一分一毫的差别。楼台虽然高耸峻拔，常随风摇动，可是始终不会有倒塌的可能。魏明帝曹叡登上陵云台，害怕楼台情况危险，就命令另外用大的木材支撑着它，结果楼台随即就倒塌了。当时的舆论都认为是重心偏向一边的缘故。

5.羊长和博学工书，能骑射，善围棋。诸羊后多知书，而射、奕余艺莫逮。

译文

羊长和学识渊博，长于书法，善于骑马射箭，还擅长下围棋。羊家后代大多懂得书法，可是射箭、下棋这些技能，却没有谁能赶上羊长和。

10.王中郎以围棋是坐隐，支公以围棋为手谈。

译文

北中郎将王坦之认为下围棋是坐隐，即如同坐在座上参禅入定；支道林把下围棋看作是手谈，即用手交谈。

13.顾长康画人，或数年不点目睛。人问其故，顾曰："四体妍蚩[①]，本无关于妙处；传神写照，正在阿堵中。"

译文

顾长康画人像，有的画像几年都没有画上眼睛。有人问他什么原因，他说："人的形体的美丑，本来和神妙之处没有什么关系；摹画人像要能生动地表现出人物的神情意态，正是在这眼珠里面。"

①蚩(chī)：通"媸"，丑。

宠礼第二十二

《宠礼》是《世说新语》第二十二门,共 6 则。宠礼,即宠幸和礼遇之意,指得到帝王将相、王公重臣等的厚待。本门主要记载了东晋时期皇上恩宠臣子或者上级厚待下级的故事,从中可以映射出封建等级制度下人们的生活和心理状态。

1. 元帝正会，引王丞相登御床，王公固辞，中宗引之弥苦。王公曰："使太阳与万物同晖，臣下何以瞻仰！"

译文

晋元帝司马睿在正月初一举行朝贺礼时，拉着丞相王导登上御座，让他和自己坐在一起，王导坚决推辞，元帝更加恳切地拉着他一起坐。王导说："如果太阳和万物同时发光，朝臣们应该怀着敬意看什么呢！"

5. 孝武在西堂会，伏滔预坐。还，下车呼其儿，语之曰："百人高会，临坐未得他语，先问：'伏滔何在？在此不？'此故未易得。为人作父如此，何如？"

译文

晋孝武帝司马曜在西堂会见群臣，伏滔也在座。伏滔回到家后，一下车就叫他儿子来，告诉儿子："举行上百人的盛会，皇上在即将就座的时候，还来不及说别的话，就先问：'伏滔在哪里？在这里吗？'这种荣誉本是不容易得到的，我这个做父亲的能达到这样，你觉得怎么样？"

6. 卞范之为丹阳尹，羊孚南州暂还，往卞许，云："下官疾动，不堪坐。"卞便开帐拂褥，羊径上大床，入被须①枕。卞回坐倾睐，移晨达莫。羊去，卞语曰："我以第一理期卿，卿莫负我！"

译文

卞范之担任丹阳尹的时候，羊孚从姑孰暂时回到京都，到卞范之家去看望他，说："下官疾病发作，不能坐。"卞范之就拉开帐子，把被褥掸干净，羊孚径直上了大床躺着，盖上被子，靠着枕头。卞范之返回座位坐着，注视着他，从早晨一直陪到傍晚。羊孚要走了，卞范之对他说："我对你有着最高的期望，你可不要辜负了我！"

---

①须：靠。

任诞第二十三

　　《任诞》是《世说新语》第二十三门，共54则。任诞，指任性放纵，不受约束。魏晋时期，盛行清谈、玄学，崇尚自然，强调个性自由，于是任诞就成了魏晋名士们生活方式的主要表现之一。本门主要记载了魏晋时期士大夫阶层的各种任诞行为。

1. 陈留阮籍、谯国嵇康、河内山涛，三人年皆相比，康年少亚①之。预此契者：沛国刘伶、陈留阮咸、河内向秀、琅邪王戎。七人常集于竹林之下，肆意酣畅，故世谓"竹林七贤"。

译文

陈留郡的阮籍、谯国的嵇康、河内郡的山涛，这三个人年纪都相仿，嵇康的年纪比他们俩稍小些。经常参与他们聚会的人还有：沛国的刘伶、陈留郡的阮咸、河内郡的向秀、琅邪郡的王戎。这七个人经常在竹林之下聚会，毫无顾忌地开怀畅饮，所以世人把他们叫作"竹林七贤"。

3. 刘伶病酒，渴甚，从妇求酒。妇捐酒毁器，涕泣谏曰："君饮太过，非摄生之道，必宜断之！"伶曰："甚善。我不能自禁，唯当祝鬼神，自誓断之耳。便可具酒肉。"妇曰："敬闻命。"供酒肉于神前，请伶祝誓。伶跪而祝曰："天生刘伶，以酒为名；一饮一斛，五斗解酲②。妇人之言，慎不可听。"便引酒进肉，隗然已醉矣。

译文

刘伶饮酒过量大醉，刚刚醒来，口渴得厉害，就向妻子要酒喝。妻子把酒倒掉，把装酒的酒器也毁掉了，哭着劝告他说："您喝酒喝得太过分了，这不符合养生之道，一定要把酒戒掉！"刘伶说："你说得非常好。不过单靠我自己是不能戒掉酒的，只有在鬼神面前祷告发誓才能戒掉啊。你赶快去准备酒肉。"他妻子说："好的，听从您的吩咐。"于是把酒肉供在神像前，请刘伶祷告发誓。刘伶跪着祷告说："上天生出我刘伶，靠喝酒出名；一喝就十斗，五斗可解除酒病。妇人家的话，千万不要听。"说完就拿过酒来，一边喝一边吃肉，一会儿就又喝得醉醺醺地倒下了。

5. 步兵校尉缺，厨中有贮酒数百斛，阮籍乃求为步兵校尉。

译文

步兵校尉的职位空出来了，步兵营的厨房中储存着的酒有几百斛之多，阮籍就请求调去做步兵校尉。

---

①亚：次于。
②酲(chéng)：喝醉了神志不清。

7. 阮籍嫂尝还家，籍见与别，或讥之。籍曰："礼岂为我辈设也？"

译文
阮籍的嫂子有一次回娘家，阮籍去看望她，并且在走的时候向她道别，有人因此责怪阮籍不合礼仪。阮籍说："礼法难道是为我们这类人制定的吗？"

10. 阮仲容、步兵居道南，诸阮居道北。北阮皆富，南阮贫。七月七日，北阮盛晒衣，皆纱罗锦绮。仲容以竿挂大布犊鼻裈于中庭。人或怪之，答曰："未能免俗，聊复尔耳！"

译文
阮仲容、步兵校尉阮籍住在道路的南边，其他阮姓诸人住在道路的北边。住在道路北边的阮家人都很富有，住在道路南边的阮家人比较贫穷。七月七日那天，道路北边的阮家大张旗鼓地晾晒衣服，晒的都是华贵的绫罗绸缎。阮仲容也用竹竿挂起一条用棉麻粗布做成的短裤，晒在庭院之中。有人对他这样的做法感到奇怪，问他原因，他回答说："我还不能免除世俗之情，姑且也这样做做罢了！"

11. 阮步兵丧母，裴令公往吊之。阮方醉，散发坐床，箕踞不哭。裴至，下席于地，哭；吊唁毕，便去。或问裴："凡吊，主人哭，客乃为礼。阮既不哭，君何为哭？"裴曰："阮方外之人，故不崇礼制；我辈俗中人，故以仪轨自居。"时人叹为两得其中。

译文
步兵校尉阮籍的母亲去世了，中书令裴楷前去吊唁。阮籍刚喝醉，披头散发，张开两腿坐在坐床上，没有哭。裴楷到后，退下来垫张草席坐在地上哭泣；吊唁完毕，就走了。有人问裴楷："大凡吊唁之礼，主人哭，客人才行哭礼。既然阮籍没有哭，您为什么哭呢？"裴楷说："阮籍是超脱于世俗礼教之外的人，所以不遵从礼制；我们这种人是世俗中人，所以自己要遵守礼制准则。"当时的人很赞赏这个回答，认为双方都处理得很恰当。

15.阮仲容先幸姑家鲜卑婢。及居母丧，姑当远移，初云当留婢，既发，定将去。仲容借客驴，著重服自追之，累骑而返。曰："人种不可失。"即遥集之母也。

译文

阮仲容之前就和姑姑家那个鲜卑族的婢女有私。在给母亲守孝期间，他姑姑要搬到很远的地方去，起初说要留下这个婢女，启程时，到底还是把她带走了。仲容知道了，借了客人的驴，穿着孝服亲自去追她，然后两人一起骑着驴回来了。仲容说："传宗接代的人可不能丢掉。"这个婢女就是阮遥集的母亲。

20.张季鹰纵任不拘，时人号为"江东步兵"。或谓之曰："卿乃可纵适一时，独不为身后名邪？"答曰："使我有身后名，不如即时一杯酒！"

译文

张季鹰放诞不羁，不拘礼仪，当时的人称他为"江东步兵"。有人对他说："你怎么可以恣意安逸一时，难道不考虑过世之后的名声吗？"季鹰回答说："与其让我死后有好的名声，还不如现在喝上一杯酒！"

24.鸿胪卿孔群好饮酒。王丞相语云："卿何为恒饮酒？不见酒家覆瓿[①]布，日月糜烂？"群曰："不尔。不见糟肉，乃更堪久？"群尝书与亲旧："今年田得七百斛秫[②]米，不了曲蘖[③]事。"

译文

鸿胪卿孔群喜欢喝酒。丞相王导对他说："你为什么经常喝酒？你难道没看见酒家里面盖酒坛的布，过不了多少时间就会腐烂吗？"孔群说："不能这样说。您难道没看见用酒糟制而成的糟肉，反而能放置更久吗？"孔群曾经给亲戚旧友写信说："今年田地里只收到七百斛高粱米，不够酿酒用的。"

---

①瓿(bù)：小瓮。
②秫(shú)：高粱。
③蘖(niè)：酿酒的曲。

汤一介引读《世说新语》—— 127

简傲第二十四

《简傲》是《世说新语》第二十四门,共 17 则。简傲,即简慢高傲,也就是在与人交往时傲慢失礼。本门主要记载了魏晋士族名士们在待人接物时简傲无礼的故事。

1. 晋文王功德盛大，坐席严敬，拟于王者。唯阮籍在坐，箕踞啸歌，酣放自若。

译文

晋文王司马昭功劳卓著，德行深厚，座上客人对他都很敬重，把他比拟为王。只有阮籍在座上时，伸开两腿坐着，长啸吟咏，尽情畅饮，举止狂放，神态自若。

3. 钟士季精有才理，先不识嵇康。钟要于时贤俊之士，俱往寻康。康方大树下锻①，向子期为佐鼓排。康扬槌不辍，傍若无人，移时不交一言。钟起去，康曰："何所闻而来？何所见而去？"钟曰："闻所闻而来，见所见而去。"

译文

钟士季有精深的才思，先前不认识嵇康。一天，他邀请当时一些才能德行出众的人士一起去寻访嵇康。嵇康当时正在大树下打铁，向子期在帮忙拉风箱。嵇康继续挥动铁锤打铁，没有停下，旁若无人，过了好长时间也没有和钟士季说一句话。后来，钟士季起身要走了，嵇康才问他："听到了什么就来了？看到了什么要走了？"钟士季说："听了所听到的就来了，看了所看到的就走了。"

4. 嵇康与吕安善，每一相思，千里命驾。安后来，值康不在，喜出户延之，不入，题门上作"凤"字而去。喜不觉，犹以为欣。故作凤字，凡鸟也。

译文

嵇康和吕安关系很好，每次一想念对方，即使相隔千里，也会立刻乘车出发，前去与对方见面。后来有一次，吕安来找嵇康时，正巧碰上嵇康不在家，嵇康的兄长嵇喜出门来邀请吕安到自己家里去，吕安没有进门，只是在门上题了个"凤"字，然后就走了。嵇喜没有明白过来，还因此感到很高兴。吕安之所以写个"凤"字，是因为它分开来写，就是凡鸟二字。

---

①锻：打铁。

汤一介引读《世说新语》—— 129

排调第二十五

　　《排调》是《世说新语》第二十五门，共 65 则。排调，指戏弄嘲笑。本门主要记载了魏晋时期士族之间日常言语应对中的许多有关排调的小故事，其中多数为善意的调侃，也有少数恶意的挑衅。

4. 嵇、阮、山、刘在竹林酣饮,王戎后往,步兵曰:"俗物已复来败人意!"王笑曰:"卿辈意亦复可败邪?"

> 🟠**译文**
> 嵇康、阮籍、山涛、刘伶四人在竹林中酣畅地饮酒,后来王戎也到了,步兵校尉阮籍说:"俗物又来败坏人的兴致!"王戎笑着说:"你们的兴致也能被败坏吗?"

6. 孙子荆年少时欲隐,语王武子"当枕石漱流",误曰"漱石枕流"。王曰:"流可枕,石可漱乎?"孙曰:"所以枕流,欲洗其耳;所以漱石,欲砺其齿。"

> 🟠**译文**
> 孙子荆年轻时想要隐居,告诉王武子说"准备枕石漱流",口误说成"漱石枕流"。王武子说:"流水可以当枕头,石头可以用来漱口吗?"孙子荆说:"之所以用流水当枕头,是想要洗干净自己的耳朵;之所以用石头来漱口,是想要磨砺自己的牙齿。"

8. 王浑与妇钟氏共坐,见武子从庭过,浑欣然谓妇曰:"生儿如此,足慰人意。"妇笑曰:"若使新妇得配参军,生儿故可不啻如此。"

> 🟠**译文**
> 王浑和妻子钟氏在一起坐着,看见他们的儿子武子从庭院中走过,王浑高兴地对妻子说:"生出个这样的儿子,足以让人心满意足了。"他的妻子笑着说:"如果我能和参军婚配,生的儿子本来可以不止是这样的。"

9. 荀鸣鹤、陆士龙二人未相识,俱会张茂先坐。张令共语,以其并有大才,可勿作常语,陆举手曰:"云间陆士龙。"荀答曰:"日下荀鸣鹤。"陆曰:"既开青云睹白雉,何不张尔弓,布尔矢?"荀答曰:"本谓云龙骙骙,定是山鹿野麋;兽弱弩强,是以发迟。"张乃抚掌大笑。

汤一介引读《世说新语》—— 131

译文

　　荀鸣鹤、陆士龙两人原来并不相识,一次,两人同时在张茂先家中做客时碰见了。张茂先让他们一起谈论一番,而且因为他们都有高超的才学,让他们不要说平常的俗话。陆士龙拱手说道:"我是云间陆士龙。"荀鸣鹤回答说:"我是日下荀鸣鹤。"陆士龙说:"已经拨开高空中的云朵,看见了白色的野鸡,为什么不张开你的弓,射出你的箭?"荀鸣鹤回答说:"我本来以为是威武强壮的云中飞龙,可到底是只山野麋鹿;野兽瘦弱不堪,而弓弩强劲有力,因此迟迟不敢射出弓箭。"张茂先于是拍手大笑。

21. 康僧渊目深而鼻高,王丞相每调之。僧渊曰:"鼻者面之山,目者面之渊。山不高则不灵,渊不深则不清。"

译文

　　康僧渊眼窝深陷,鼻梁高挺,丞相王导常常因此戏弄他。僧渊说:"鼻子是面部的山,眼睛是面部的渊。山不高,就不会有神灵;渊不深,就不会清澈。"

31. 郝隆七月七日出日中仰卧,人问其故,答曰:"我晒书。"

译文

　　郝隆在七月七日那天,到太阳地里脸朝上躺着,有人问他在干什么,他回答说:"我在晒我肚子里的书。"

59. 顾长康啖甘蔗,先食尾。人问所以,云:"渐至佳境。"

译文

　　顾长康吃甘蔗,先从甘蔗的梢部吃起。有人问他是什么原因,他说:"这样可以渐渐进入美妙的境界。"

轻诋第二十六

《轻诋》是《世说新语》第二十六门,共 33 则。轻诋,即轻视诋毁。本门与《赏誉》门所记载内容可互为对比,名士之间有彼此互相欣赏的,自然也会有彼此互相轻视的。本门所记载内容皆为魏晋名士之间互相轻视诋毁的逸事。

3.深公云："人谓庾元规名士，胸中柴棘三斗许！"

译文
竺法深说："大家都认为庾元规是名士，可是他胸怀不够坦荡，心里隐藏的枯枝和荆棘，恐怕有三斗之多！"

4.庾公权重，足倾王公。庾在石头，王在冶城坐。大风扬尘，王以扇拂尘曰："元规尘污人。"

译文
庾元规位高权重，足以超过王导。庾元规领兵驻扎在石头城时，王导在冶城驻守。一次，大风扬起了尘土，王导用扇子扇掉尘土，说："从元规那里吹来的尘土把人都弄脏了。"

21.王中郎与林公绝不相得。王谓林公诡辩，林公道王云："著腻颜帢，绉布单衣，挟《左传》，逐郑康成车后。问是何物尘垢囊！"

译文
北中郎将王坦之和支道林非常合不来。王坦之认为支道林只会诡辩，支道林批评王坦之说："戴着油腻过时的帽子，穿着粗布单衣，夹着《左传》，跟在郑康成的车子后面跑。试问这是个装什么灰尘污垢的口袋！"

27.殷颛、庾恒并是谢镇西外孙。殷少而率悟，庾每不推。尝俱诣谢公，谢公熟视殷，曰："阿巢故似镇西。"于是庾下声语曰："定何似？"谢公续复云："巢颊似镇西。"庾复云："颊似，足作健不？"

译文
殷颛、庾恒都是镇西将军谢尚的外孙。殷颛年少时就思维敏捷，但庾恒却常常并不推重他。有一次，他们一起去拜访谢安，谢安仔细看着殷颛说："阿巢还是很像外公镇西将军谢尚的。"于是庾恒低声问道："到底哪里像？"谢安接着又说："阿巢的脸长得像镇西。"庾恒又问："脸长得像，就足以成为强者吗？"

假谲第二十七

《假谲》是《世说新语》第二十七门，共 14 则。假谲，即虚假诡诈。本门主要记载了魏晋时期，一些名士们采用各种假谲的手段以达到自己最终目的的故事，其中记载最多的就是曹操。

1. 魏武少时，尝与袁绍好为游侠。观人新婚，因潜入主人园中，夜叫呼云："有偷儿贼！"青庐中人皆出观，魏武乃入，抽刃劫新妇。与绍还出，失道，坠枳棘中，绍不能得动。复大叫云："偷儿在此！"绍遑迫自掷出，遂以俱免。

译文

魏武帝曹操年轻时，和袁绍两人常常喜欢做游侠之事。一次，他们去看别人结婚，乘机偷偷进入主人的园子里，在夜里大喊大叫道："有小偷！"青庐里面的人都跑出来查看情况，曹操便进入青庐，拔出刀来，将新娘子劫持出去。接着和袁绍迅速跑出来，中途迷了路，袁绍掉进了荆棘丛中，动弹不了。曹操又大喊道："小偷在这里！"袁绍惶恐急迫中，竟然自己跳了出来，两人终于都得以逃脱。

3. 魏武常言："人欲危己，己辄心动。"因语所亲小人曰："汝怀刃密来我侧，我必说心动。执汝使行刑，汝但勿言其使，无他，当厚相报。"执者信焉，不以为惧，遂斩之。此人至死不知也。左右以为实，谋逆者挫气矣。

译文

魏武帝曹操曾经说过："如果有人要谋害我，我立刻就会心跳异常。"于是他对身边亲近的侍从说："你怀中揣着刀偷偷地来到我的身边，我一定会说我的心跳异常。然后命人逮捕你，并对你执行刑罚，你只要不说出是我指使的，就会没事儿，事后我一定会重重地酬谢你。"那个侍从相信了他的话，被抓起来也不觉得害怕，于是就这样被杀了。这个人到死也没有明白过来。手下的人都认为这是真的，意图谋反的人也丧失了勇气。

4. 魏武常云："我眠中不可妄近，近便斫人，亦不自觉。左右宜深慎此。"后阳①眠，所幸一人窃以被覆之，因便斫杀。自尔每眠，左右莫敢近者。

译文

魏武帝曹操曾经说过："我睡觉的时候不要随便靠近我，一靠近，我就会杀人，而且自己也不知道。身边的人对此应谨慎小心。"后来有一天，曹操假装睡着了，有个亲信偷

①阳：假装。

偷地拿条被子给他盖上,曹操趁机把他杀死了。从此以后,每次曹操睡觉的时候,身边的人没有谁敢靠近。

5. 袁绍年少时,曾遣人夜以剑掷魏武,少下,不著。魏武揆之,其后来必高,因帖卧床上。剑至果高。

译文

袁绍年轻的时候,曾经派人在夜里以投掷剑的方法来刺杀曹操,第一次投掷的剑稍微低了一些,没有刺中。曹操揣测第二次投掷来的剑一定会偏高一些,于是就紧贴着床躺着。后来剑又被投掷进来时,果然偏高了一些。

7. 王右军年减十岁时,大将军甚爱之,恒置帐中眠。大将军尝先出,右军犹未起。须臾,钱凤入,屏人论事,都忘右军在帐中,便言逆节之谋。右军觉,既闻所论,知无活理,乃剔吐①污头面被褥,诈孰眠。敦论事造半,方意右军未起,相与大惊曰:"不得不除之。"及开帐,乃见吐唾从横,信其实孰眠,于是得全。于时称其有智。

译文

右军将军王羲之不满十岁的时候,大将军王敦很喜爱他,常常把他安置在自己的帐中睡觉。有一次王敦先从帐里出来,王羲之还没有起床。一会儿,钱凤进来了,王敦便屏退了手下的人,开始商议事情,两人都没有想起王羲之还在床上,就说起叛乱的计划。王羲之醒来后,听到了他们的谈话,知道难以活命了,于是假装流口水,把头脸和被褥弄脏了,装作睡得很熟的样子。王敦商量事情到中途,才想起王羲之还没有起床,两人都大惊失色,说:"不得不把他杀了。"等到掀开帐子,看见他口水流得到处都是,就相信他真的睡得很熟,于是王羲之才得以保全了性命。当时人们都称赞他很有智谋。

---

①剔吐:呕吐。

黜免第二十八

《黜免》是《世说新语》第二十八门，共9则。黜免，指降职或罢免官职。本门记载了9则晋时朝臣被罢免官职或降职的故事，文中或详细说明了黜免的缘由，或如实记录了被黜免后的反应，或兼而有之。

1. 诸葛厷在西朝，少有清誉，为王夷甫所重，时论亦以拟王。后为继母族党所谗，诬之为狂逆。将远徙，友人王夷甫之徒，诣槛车与别。厷问："朝廷何以徙我？"王曰："言卿狂逆。"厷曰："逆则应杀，狂何所徙！"

译文

诸葛厷在西晋时，年纪轻轻时就有了美好的声誉，受到王夷甫的推重，当时的舆论也拿他和王夷甫相提并论。后来诸葛厷被他继母家族的同族亲属所陷害，诬告他狂妄悖逆。朝廷要把他流放到边远地区，他的朋友王夷甫等人到囚槛车前和他告别。诸葛厷问："朝廷为什么要流放我？"王夷甫说："说你狂妄悖逆。"诸葛厷说："忤逆就应当斩首，狂妄又为什么要流放呢！"

2. 桓公入蜀，至三峡中，部伍中有得猿子者，其母缘岸哀号，行百余里不去，遂跳上船，至便即绝。破视其腹中，肠皆寸寸断。公闻之，怒，命黜其人。

译文

桓温率兵讨伐蜀地，到达三峡时，军队中有个人抓到一只小猿，母猿就一直沿着江岸悲哀地号叫，跟着船走了一百多里也不肯离开，后来终于跳上了船，但刚跳上船就气绝身亡了。剖开母猿的肚子看，肠子都一寸一寸地断开了。桓温听说这事后，大怒，下令罢免了那个抓了小猿猴的人的军职。

4. 桓公坐有参军掎①蒸薤②，不时解，共食者又不助，而掎终不放，举坐皆笑。桓公曰："同盘尚不相助，况复危难乎！"敕令免官。

译文

在桓温举办的宴会上，有个参军用筷子夹蒸薤，因黏在一起一时分解不开，没能一下子夹起来，同桌一起用餐的人又不帮助他，而他一直用筷子夹着，没有放下，满座的人就都笑起来。桓温说："同在一个盘子里用餐，尚且不能互相帮助，更何况处于危急困难的时候呢！"便下令罢免了在座的人的官职。

①掎(jǐ)：夹住。
②薤(xiè)：一种蔬菜。

汤一介引读《世说新语》—— 139

俭啬第二十九

《俭啬》是《世说新语》第二十九门，共 9 则。俭啬，指节俭吝啬。本门与后面《汰侈》门所记载内容互为对比，主要记述了士族阶层中的部分名士在对待金钱、财物方面的性格特征和种种表现，共描绘了六个特色鲜明的守财奴形象。

1. 和峤性至俭，家有好李，王武子求之，与不过数十。王武子因其上直①，率将少年能食之者，持斧诣园，饱共啖毕，伐之，送一车枝与和公。问曰："何如君李？"和既得，唯笑而已。

译文

和峤本性极为吝啬，家中有上好的李子树，王武子问他要些李子，只给了不过几十个而已。王武子趁他去官署值班的时候，带领一群特别能吃李子的少年人，拿着斧子到果园里去，大家一起尽情地吃饱肚子以后，就把李子树砍掉了，给和峤送去一车树枝，并且问和峤："这和你家的李子树相比，怎么样？"和峤收下了树枝，只是笑一笑罢了。

4. 王戎有好李，卖之，恐人得其种，恒钻其核。

译文

王戎家有上好的李子树，卖李子时，担心别人得到他家李子树的种子，总是先把李子的核钻个孔，然后再卖。

8. 苏峻之乱，庾太尉南奔见陶公，陶公雅相赏重。陶性俭吝，及食，啖薤，庾因留白。陶问："用此何为？"庾云："故可种。"于是大叹庾非唯风流，兼有治实。

译文

苏峻起兵叛乱时，太尉庾亮向南边逃去，前去投奔陶侃。陶侃十分欣赏看重庾亮。陶侃生性很俭省，到吃饭的时候，庾亮吃薤时顺手留下了薤白。陶侃问他："要这东西做什么？"庾亮回答说："因为薤白还可以种啊！"于是陶侃大力赞叹庾亮不仅风度超群，同时也兼有治国的实际才能。

---

①直：通"值"。

汰侈第三十

《汰侈》是《世说新语》第三十门，共 12 则。汰侈，指骄纵奢侈。跟上一门《俭啬》相反，本门记载的是晋朝时候生活上骄纵奢侈的豪门贵族的故事，其中记载最多的是石崇、王恺的故事。

1. 石崇每要客燕集，常令美人行酒，客饮酒不尽者，使黄门交斩美人。王丞相与大将军尝共诣崇，丞相素不能饮，辄自勉强，至于沉醉。每至大将军，固不饮，以观其变。已斩三人，颜色如故，尚不肯饮。丞相让之，大将军曰："自杀伊家人，何预卿事！"

译文

石崇每次邀请客人宴饮聚会时，经常让美人来劝酒，如果有客人不喝尽杯中的酒，就叫家奴接连杀掉劝酒的美人。丞相王导和大将军王敦曾经一同到石崇家参加宴会，丞相虽然一向不善于喝酒，这时也勉强自己尽力喝下，一直喝到大醉。每当轮到大将军喝酒时，他坚持不喝酒，来观察接下来情况的变化。石崇已经连续杀了三个美人，大将军却依旧神色不变，仍然不肯喝酒。丞相责备他，大将军却说："他杀他自己家里的人，关你什么事！"

2. 石崇厕，常有十余婢侍列，皆丽服藻饰，置甲煎粉、沉香汁之属，无不毕备。又与新衣著令出，客多羞不能如厕。王大将军往，脱故衣，著新衣，神色傲然。群婢相谓曰："此客必能作贼！"

译文

石崇家的厕所，经常有十多个婢女排列在不同的位置上侍候，婢女们都穿着华丽的衣服，装扮靓丽。厕所里放有甲煎粉、沉香汁等一类物品，各种东西都准备得很齐全。又让上厕所的宾客换上新衣服出来，客人们大多因为难为情，不好意思上厕所。但大将军王敦上厕所时，自然地脱掉原来的衣服，穿上新衣服，面色从容，神情高傲。婢女们互相评论说："这个客人一定能犯上作乱！"

4. 王君夫以饴糒澳釜，石季伦用蜡烛作炊。君夫作紫丝布步障、碧绫里四十里，石崇作锦步障五十里以敌之。石以椒为泥，王以赤石脂泥壁。

译文

王君夫用麦芽糖和着干饭来擦洗锅子，石季伦用蜡烛当柴火来做饭。王君夫用紫色丝织成的布来做出行时遮蔽风尘的步障，以青绿色的丝织品来做衬里，长达四十里。石季伦则用锦缎来做步障，长达五十里，以此来和他抗衡。石季伦用花椒来和泥刷墙，王君夫则用赤石脂来涂饰墙壁。

8. 石崇与王恺争豪，并穷绮丽以饰舆服。武帝，恺之甥也，每助恺。尝以一珊瑚树高二尺许赐恺，枝柯①扶疏，世罕其比。恺以示崇，崇视讫，以铁如意击之，应手而碎。恺既惋惜，又以为疾己之宝，声色甚厉。崇曰："不足恨，今还卿。"乃命左右悉取珊瑚树，有三尺、四尺，条干绝世，光彩溢目者六七枚，如恺许比甚众。恺惘然自失。

译文

石崇和王恺争比阔绰，两人都用尽最鲜艳华丽的东西来装饰车舆、冠服与各种仪仗。晋武帝司马炎是王恺的外甥，常常帮助王恺比富。他曾经把一棵二尺左右的珊瑚树送给王恺，这棵珊瑚树枝条繁茂，世上很少有能和它相媲美的。王恺把珊瑚树拿给石崇看，石崇看了之后，用铁如意去敲打它，随手就把它打碎了。王恺既惋惜，又认为石崇是妒忌自己的宝物，于是声色俱厉地指责石崇。石崇说："这没什么值得遗憾的，我现在就赔给你。"于是就叫手下的人把家里的珊瑚树全都拿出来，有三尺高的，也有四尺高的，树干、枝条举世无双，而且光彩夺目的有六七棵，和王恺那棵水平相当的就更多了。王恺看了，惘然若失。

9. 王武子被责，移第北邙下。于时人多地贵，济好马射，买地作埒②，编钱匝地竟埒。时人号曰金沟。

译文

王武子受到责罚被免官，就移居北邙山下。当时人多，而且地价昂贵，王济喜欢骑马射箭，就买了一块地做跑马场，所花掉的钱可以用绳子穿起来围着跑马场环绕一圈。当时的人把这里叫作金沟。

---

①枝柯：枝叶。
②埒(liè)：矮墙。

忿狷第三十一

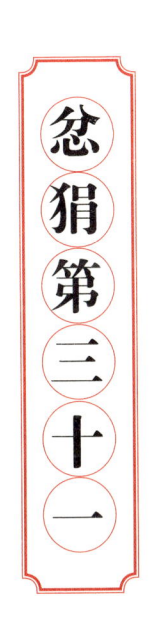

《忿狷》是《世说新语》第三十一门,共8则。忿狷,指胸襟狭窄、性情急躁、易动怒。本门记叙的是魏晋时期士族阶层中一些忿狷的人物在生活中的表现。

1. 魏武有一妓，声最清高，而情性酷恶。欲杀则爱才，欲置则不堪。于是选百人一时俱教。少时还有一人声及之，便杀恶性者。

译文

魏武帝曹操有一名歌妓，她的歌声最为清脆高亮，可是性情极其恶劣。曹操想杀了她，却又爱惜她歌唱的才能；想留下她，却又难以忍受她的脾气。于是就挑选了一百名歌妓同时接受培养教导。过了不久，果然有一名歌妓的歌声赶上了那个性情恶劣的歌妓的水平，曹操便把那个性情恶劣的歌妓杀了。

8. 桓南郡小儿时，与诸从兄弟各养鹅共斗。南郡鹅每不如，甚以为忿。乃夜往鹅栏间，取诸兄弟鹅悉杀之。既晓，家人咸以惊骇，云是变怪，以白车骑。车骑曰："无所致怪，当是南郡戏耳！"问，果如之。

译文

南郡公桓玄小时候，和堂兄弟们各自养鹅，然后一起斗鹅。桓玄的鹅常常斗输，他为此非常生气。于是在一天夜间，他来到鹅栏里，把堂兄弟的鹅全部抓出来并杀掉。天亮以后，家里的人全都被这事吓住了，说是有妖物在作怪，并去告诉车骑将军桓冲。桓冲说："没有什么可能会引来妖物作怪，应当是桓玄开的玩笑罢了！"大家一问桓玄，事实果然如此。

谗险第三十二

《谗险》是《世说新语》第三十二门，共4则。谗险，指为人奸诈阴险，喜欢进谗言诽谤别人。本门所记载的故事主要讲述了佞臣或进谗言或用奸计来陷害他人；同时也记载了面对谗险小人，如何用智谋来保全自己的方法。

2. 袁悦有口才，能短长说，亦有精理。始作谢玄参军，颇被礼遇。后丁艰，服除还都，唯赍《战国策》而已。语人曰："少年时读《论语》《老子》，又看《庄》《易》，此皆是病痛事，当何所益邪！天下要物，正有《战国策》。"既下，说司马孝文王，大见亲待，几乱机轴。俄而见诛。

译文

袁悦很有口才，擅长战国时代纵横家的那种游说之术，言语中也有精辟的义理。最初任谢玄的参军，得到颇为隆重的待遇。后来，因为父母的丧事，在家守孝，服丧期满后回到京都，随身携带的只有一部《战国策》罢了。他告诉别人说："年轻时读了《论语》《老子》，又看了《庄子》《周易》，觉得这些书讲的都是一些小事，读了这些书会有什么好处呢！天下最重要的书籍，只有《战国策》罢了。"袁悦到了京都以后，去游说会稽王司马道子，受到了特别亲切的款待，几乎扰乱了朝政。不久之后，袁悦就被晋孝武帝司马曜下令诛杀了。

4. 王绪数谗殷荆州于王国宝。殷甚患之，求术于王东亭。曰："卿但数诣王绪，往辄屏人，因论它事。如此，则二王之好离矣。"殷从之。国宝见王绪，问曰："比与仲堪屏人何所道？"绪云："故是常往来，无它所论。"国宝谓绪于己有隐，果情好日疏，谗言以息。

译文

王绪屡次在王国宝面前说荆州刺史殷仲堪的坏话。殷仲堪对这事很是担忧，向东亭侯王珣请教对付王绪的办法。王珣说："你只要多次去拜访王绪，一去就叫手下的人回避，然后却只是谈别的事情，这样，二王就会慢慢疏远了。"殷仲堪按照他所说的去做了。后来王国宝见到王绪，问道："你近来和殷仲堪在一起，总是让随从们回避，都在说些什么？"王绪回答说："只不过是一般往来，没有谈其他的什么事。"王国宝认为王绪对自己有所隐瞒，果然两人的感情日渐疏远了，谗言这才平息下来。

尤悔第三十三

《尤悔》是《世说新语》第三十三门，共 17 则。尤悔包括两个方面，尤指过失、罪过，悔指悔恨、懊恼。本门所记载的内容，多数涉及魏晋时期统治阶级内部政治上的斗争，少数是士族阶层生活上的事情。

1. 魏文帝忌弟任城王骁壮。因在卞太后阁共围棋，并啖枣，文帝以毒置诸枣蒂中，自选可食者而进。王弗悟，遂杂进之。既中毒，太后索水救之，帝预敕左右毁瓶罐。太后徒跣趋井，无以汲，须臾遂卒。复欲害东阿，太后曰："汝已杀我任城，不得复杀我东阿！"

译文

魏文帝曹丕的弟弟任城王曹彰健壮骁勇，曹丕对他很是猜忌。趁着两人都在母亲卞太后的房里下围棋一起吃枣的机会，文帝提前把毒药放置在枣蒂里，自己挑那些没放毒的枣吃。任城王没有察觉到，就把有毒、没毒的都混着吃了。发现中毒以后，卞太后要找水来解救他，可是文帝事先已命令手下的人把装水的瓶瓶罐罐都打碎了。卞太后匆忙间光着脚赶到井边，却没有东西可以用来打水，不久任城王就死了。魏文帝后来又要害东阿王曹植，卞太后说："你已经杀死了我的任城王，不能再杀害我的东阿王了！"

7. 王导、温峤俱见明帝，帝问温前世所以得天下之由。温未答，顷，王曰："温峤年少未谙，臣为陛下陈之。"王乃具叙宣王创业之始，诛夷①名族，宠树同己，及文王之末高贵乡公事。明帝闻之，覆面著床曰："若如公言，祚安得长！"

译文

王导和温峤一起拜见晋明帝司马绍，明帝问温峤前代是怎样得到天下的。温峤还没有回答，过了一会儿，王导说："温峤年轻，还不熟悉那一段时期的事，请允许臣为陛下陈述说明。"王导就详细叙说了晋宣王司马懿开创基业的时候，诛杀有名望的家族，宠幸并扶植赞成自己的人，以及文王司马昭晚年杀害高贵乡公曹髦的事情。晋明帝听后，把脸遮盖住，趴在坐床上，说："如果像你说的那样，晋朝的国运又怎么能够长久呢！"

①诛夷：诛杀，灭族。

纰漏第三十四

《纰漏》是《世说新语》第三十四门，共8则。纰漏，指因疏忽而产生的错误疏漏。本门所记载的8则故事，多是晋时皇帝和士族名士在日常生活中，由于言谈举止上的疏忽而造成的纰漏，结果或伤及自己的身体，或为他人所嘲笑，或给他人造成了情感上巨大的伤害。

1. 王敦初尚主，如厕，见漆箱盛干枣，本以塞鼻，王谓厕上亦下果，食遂至尽。既还，婢擎金澡盘盛水，琉璃碗盛澡豆，因倒著水中而饮之，谓是干饭[①]。群婢莫不掩口而笑之。

译文

王敦刚和公主结婚时，去上厕所，看见漆箱里装着干枣，这本来是用来堵塞鼻子的，王敦以为帝王家厕所里也摆设果品，竟然把干枣都吃光了。出来时，侍女们端着装着水的金澡盘和装着澡豆的琉璃碗，供洗漱时使用。王敦却把澡豆倒入水里一起喝了，以为是干粮。侍女们都捂着嘴偷笑。

6. 殷仲堪父病虚悸，闻床下蚁动，谓是牛斗。孝武不知是殷公，问仲堪："有一殷，病如此不？"仲堪流涕而起曰："臣进退维谷。"

译文

殷仲堪的父亲生病了，并且因身体虚弱而心跳加速，心神不宁，听到床下有蚂蚁活动，认为是牛在斗架。晋孝武帝司马曜不知道是殷仲堪的父亲得了这种病，便问殷仲堪："有一位姓殷的，病情是如此这般的，是吗？"殷仲堪流着泪站起来回答说："臣不知怎么回答好。"

7. 虞啸父为孝武侍中。帝从容问曰："卿在门下，初不闻有所献替。"虞家富春，近海，谓帝望其意气，对曰："天时尚暖，鱼虾鲊未可致，寻当有所上献。"帝抚掌大笑。

译文

虞啸父担任晋孝武帝司马曜的侍中。一次，孝武帝态度很从容地问他："你在门下省，怎么从来也没有听到过你有献替之言。"虞家在富春一带，靠近海边，虞啸父误认为这是孝武帝希望他进贡一些海鲜，就回答说："现在天气还很暖和，鱼、虾类制品还不能得到，不久以后将会有所奉献。"孝武帝听了之后，不由得拍手大笑。

---

①干饭：干粮。

惑溺第三十五

《惑溺》是《世说新语》第三十五门,共 7 则。惑溺,指受到诱惑而沉迷于其中。文中记载了魏晋士人与女子的故事,他们或惑溺于美色之中,或惑溺于情爱之中,不能自拔,为时人所讥笑。

1. 魏甄后惠而有色，先为袁熙妻，甚获宠。曹公之屠邺也，令疾召甄，左右白："五官中郎已将去。"公曰："今年破贼正为奴。"

译文

魏甄后既贤惠又容貌出众，原先是袁熙的妻子，很受袁熙的宠爱。曹操攻陷邺城后，立即下令召见甄氏，侍从禀告说："五官中郎已经把她带走了。"曹操说："今年打败贼寇，正是为了这小子。"

3. 贾公闾后妻郭氏酷妒。有男儿名黎民，生载周，充自外还，乳母抱儿在中庭，儿见充喜踊，充就乳母手中呜①之。郭遥望见，谓充爱乳母，即杀之。儿悲思啼泣，不饮它乳，遂死。郭后终无子。

译文

贾充的后妻郭氏妒忌心非常强。她有一个儿子，名叫黎民，出生才满一周岁，一次贾充从外面回来，乳母正抱着他儿子在院子里玩耍，他儿子一看见父亲，就高兴得欢蹦乱跳，贾充走过去在乳母的手里亲了儿子一下。郭氏远远望见了，认为贾充爱上了乳母，立刻就把乳母杀了。小孩想念乳母，悲伤地不停啼哭，又不肯吃别人的奶，最后饿死了。郭氏后来到底没有再生出儿子。

6. 王安丰妇，常卿安丰。安丰曰："妇人'卿'婿，于礼为不敬，后勿复尔。"妇曰："亲卿爱卿，是以卿'卿'；我不卿'卿'，谁当卿'卿'！"遂恒听之。

译文

安丰侯王戎的妻子常常称王戎为"卿"。王戎说："妻子称丈夫为'卿'，从礼节上来说是不敬重，以后不要再这样称呼我了。"妻子说："因为亲你爱你，因此称你为'卿'；如果我不称你为'卿'，那么谁该称你为'卿'！"于是王戎索性任凭她这样称呼。

---

①呜：亲吻。

仇隙第三十六

《仇隙》是《世说新语》第三十六门，共 8 则。仇隙，指仇怨、嫌隙。本门记载了晋时士族统治阶层内部各种结怨的故事，既有双方结怨的起因，又有解决的方式和最终结果。

1. 孙秀既恨石崇不与绿珠，又憾潘岳昔遇之不以礼。后秀为中书令，岳省内见之，因唤曰："孙令，忆畴昔周旋不？"秀曰："中心藏之，何日忘之！"岳于是始知必不免。后收石崇、欧阳坚石，同日收岳。石先送市，亦不相知。潘后至，石谓潘曰："安仁，卿亦复尔邪？"潘曰："可谓'白首同所归'。"潘《金谷集》诗云："投分寄石友，白首同所归。"乃成其谶①。

译文

孙秀既怨恨石崇不肯把绿珠送给他，又为潘岳从前对自己的不礼貌行为而心怀怨恨。后来孙秀做了中书令，潘岳在中书省的官署里见到他，就招呼他说："孙令，还记得我们过去的交往吗？"孙秀引用《诗经》中的诗句回答说："中心藏之，何日忘之！"潘岳于是知道免不了灾祸了。后来孙秀逮捕了石崇、欧阳坚石，在同一天也逮捕了潘岳。石崇先被押送到刑场，还不知道潘岳被捕的事情。潘岳后来也被押到了刑场，石崇对他说："安仁，你也落得个和我一样的下场吗？"潘岳说："咱们可以说是'白首同所归'啊。"潘岳曾在《金谷集》中的诗中写道："投分寄石友，白首同所归。"没想到这竟真成了他们的谶语。

7. 王孝伯死，县②其首于大桁。司马太傅命驾出至标所，孰视首，曰："卿何故趣③欲杀我邪？"

译文

王孝伯死后，他的头被悬挂在朱雀桥上示众。太傅司马道子乘车来到悬首示众的地方，仔细地看着王孝伯的头，说道："你为什么要急着杀我呢？"

8. 桓玄将篡，桓修欲因玄在修母许袭之。庾夫人云："汝等近，过我余年，我养之，不忍见行此事。"

译文

桓玄将要篡夺帝位，桓修想趁桓玄在桓修母亲那里时偷袭他。桓修的母亲庾夫人说："你们是近亲，等我过完了我的晚年再说吧。我养大了他，不忍心看到你做这种事。"

---

①谶(chèn)：迷信的人指将来要应验的预言。
②县，古同"悬"。
③趣(cù)：急促。

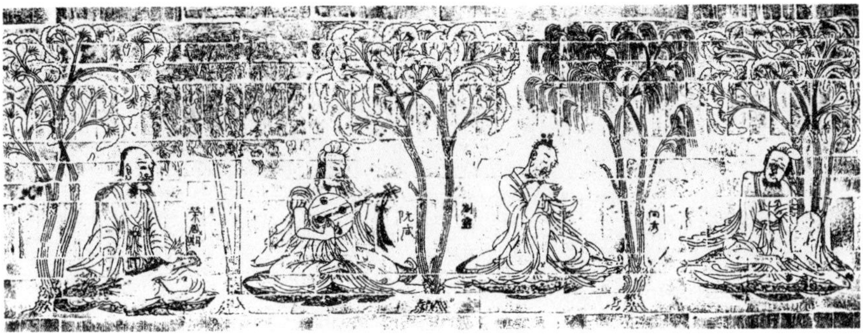

这本书的谱系： 魏晋南北朝文学发展
Related Reading

建安时期

建安（196—220）是东汉最后一位皇帝汉献帝的年号，"建安文学"还包括三国初期的一段时间。此时是中国文学上文人诗的创作高峰，为后世的诗歌创作奠定了基础。刘勰《文心雕龙》称建安文学"志深而笔长""梗概而多气"，建安诗歌一方面反映当时社会的离乱和人民的苦痛，一方面表达士人建功立业、安定天下的伟大抱负，呈现意境宏阔、刚健有力的风格，形成了"建安风骨"的情志飞扬而辞义遒劲的典型。这时期的文学代表：

曹操	与曹丕、曹叡、曹植合称"三祖陈王"，其诗风格古直悲凉、气韵沉雄，以四言诗为主。他的乐府诗反映了东汉末年的社会面貌，代表作为《短歌行》《龟虽寿》《蒿里行》《步出夏门行》
曹丕	其诗风格细腻婉转，平易清浅，长于借景抒情。代表作《燕歌行》被誉为"七言之祖"，以描绘爱情为主题。《典论·论文》则为史上第一篇文学批评的专论，有意识地提升了文学创作的地位
曹植	有"才高八斗"之评价，被誉为"建安之杰"。其诗风格辞采华茂，感情坦率真挚，内容与辞藻并重。代表作为《白马篇》《送应氏》《赠白马王彪》《感甄赋（洛神赋）》《野田黄雀行》《七哀诗》
王粲	被誉为"七子之冠冕"，为"建安七子"中文学成就最高者。其诗多感伤时事、自悲不遇。代表作为《登楼赋》《七哀诗》
刘桢	以五言诗见长，有"妙绝时人"之评价。他倔强的个性反映在其诗的风格上：语言简练、文气高洁。代表作为《赠从弟》
蔡琰	蔡邕之女，中国著名女诗人。代表作为《悲愤诗》，借描写个人不幸遭遇以抒发悲愤，叙事、抒情与心理描写皆有可观之处

正 始 时 期

　　正始是魏废帝曹芳的年号（240—249），"正始文学"包括正始以后至西晋立国（265年）这段时期的文学创作。正始时期由于激烈的政治斗争，使得士人纷纷远身避祸，崇尚老庄，呈现一种消极避世之风。当时的文人对司马氏利用"名教"进行残暴统治感到不满，遂以老庄的"自然"对抗"名教"，讽刺当时"礼教"的虚伪不实。因此，正始文学在内容上呈现了高蹈遗世、讳言时政的面貌，风格则具有曲折幽深、清峻超拔的特色，在深刻的反思及放达的行径中凸显了人生的悲哀。这时期的文学代表：

阮籍	其作品以抒发忧生惧患之情为主，但内容却相当隐晦，风格隐微曲折，故有"阮旨遥深"之称。代表作为《咏怀诗》八十二首
嵇康	以四言诗见长，其风格诘直露才，被刘勰评为"清峻"，钟嵘则称"峻切"，故有"嵇志清峻"之评价。代表作为《幽愤诗》《赠秀才入军》《与山巨源绝交书》

太康时期

太康（280—289）是西晋晋武帝司马炎的第三个年号，为西晋文学中最为兴盛的时期。钟嵘《诗品》言："太康中，三张、二陆、两潘、一左，勃而复兴，踵武前王，风流未沫，亦文章之中兴也。"由于社会相对安定，文人有较多心力投注于创作，并深入探讨文学理论，因此文学繁荣，但因过于强调追求形式华美，使得内容则相对贫乏。但正由于这时期的作品较讲究形式与创作技巧，使得文人进一步思考文学的本质、特色与意义，因此出现了许多古典文学理论。这时期的文学代表：

张华	为太康文坛盟主，以写情作品闻名，其诗好用典、对偶、堆砌辞藻，文胜于质，代表作品为《轻薄篇》《杂诗》
陆机	以拟乐府著称，其诗对偶工整，文字华美，但过于雕琢刻画。代表作为《拟古诗》《赴洛道中作》《从军行》。《文赋》则是文学批评史上重要的专作，系统地建立起文学批评理论，并影响后代如《文心雕龙》《诗品》等专著
潘岳	以抒情见长，表达对亡妻的深情，言浅情深，富有感染力，直抒胸臆，代表作为《悼亡诗》《内顾诗》《哀永逝文》《西征赋》
张协	长于刻画景物，有"巧构形似"之誉，感情真切，语言清新，代表作为《杂诗》
左思	有"左思风力"之美称，继承建安风骨，多引史实，借古讽今，语言简劲，笔力雄迈，无雕琢之气，为太康文学中最具慷慨之气者，代表作《咏史》八首、《三都赋》

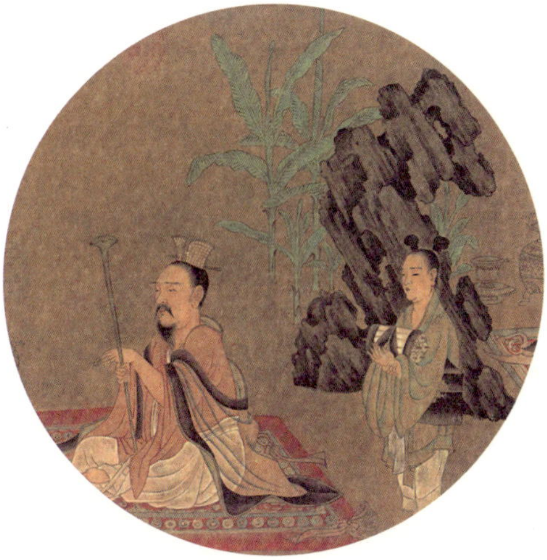

延伸的书、音乐、影像
Books, Audio&Videos

◎《世说新语笺疏》

作者：余嘉锡

出版社：中华书局，2007年

本书为作者搜集、参阅大量的文献资料，对《世说新语》和刘孝标注，做出了翔实的考证。于原书中记载不足的，略作增补；对原著中所记逸事有误者，便引证确切史料，指正错误。

◎《晋书》（全十册）

作者：房玄龄

出版社：中华书局，1996年

《晋书》为中国二十四史之一，唐代房玄龄等二十一人合著，记载的历史从三国时代至东晋恭帝元熙二年。现今留存一百三十卷，共分为帝纪十卷，志二十卷，列传七十卷，载记三十卷。其中载记记述中国古代少数民族建立的十六国政权，此为《晋书》首创的体例。

◎《郭象与魏晋玄学》

作者：汤一介

出版社：北京大学出版社，2000年

这本书重点论述了魏晋时代玄学的产生、发展、特征以及在哲学思想史上的地位，并且讨论当时著名哲学家郭象的生平史实、哲学方法、哲学体系等。对于郭象与向秀、裴頠、王弼、张湛等同期的玄学家，做了思想上的比较研究。

◎《竹林七贤》（全三册）

作者：王顺镇

出版社：实学社，1998年

本书以魏晋时期为背景，描写了魏晋这个政局激荡的时代清谈之风的形成。作者以小说方式铺陈，透过嵇康、阮籍等竹林七贤的特异性格、命运际遇等，展现了当时的政治斗争、社会动荡、人性黑暗等。

◎《明语林》

作者：吴肃公； 陆林 校点
出版社：黄山书社，1999年
全书十四卷，大体上为仿《世说新语》之作，增加了"言志""博识"两门，记录许多名臣文士的言行举止，如于谦、况钟、杨廷和等。书中涉及人物多达六百人，内容广泛，寓意深远，有警戒借鉴的作用。

◎《世说新语·菜根谭：六朝的清谈与人生的滋味》

作者：蔡志忠
出版社：时报文化，2006年
《世说新语》中大量记载魏晋时代名士的言行、举止，反映出当时文人阶级的思想言行及上层社会的面貌。作者蔡志忠以漫画人物形态，生动地呈现这些魏晋名士的言谈举止。

◎《探索·发现：竹林七贤》

类型：纪录片
发行：中国国际电视总公司
本纪录片分为"聚会""入仕""才情""绝响""余韵"五个单元，讲述魏晋时期的"竹林七贤"。依据史料记载来解析他们性格形成的原因、命运，以及后人的评价。

◎《广陵散·古琴独奏：管平湖》

艺术家：管平湖
发行：星文音乐
由著名古琴演奏家管平湖根据《神奇秘谱》所记载的乐谱进行整理及打谱，重现这首中国古乐，曲子的内容是讲述战国时期"聂政刺韩王"为父报仇的故事。专辑曲目分为"碣石调幽兰""广陵散""流水""胡笳十八拍"四首。

图书在版编目（CIP）数据

真名士，自风流：汤一介引读《世说新语》/
(南朝宋)刘义庆著；汤一介导读. —— 北京：中国致公
出版社，2021

ISBN 978-7-5145-1759-0

Ⅰ.①真… Ⅱ.①刘…②汤… Ⅲ.①《世说新语》
- 小说研究 Ⅳ.① I207.419

中国版本图书馆 CIP 数据核字 (2021) 第 019328 号

真名士，自风流：汤一介引读《世说新语》/（南朝宋）刘义庆 著；汤一介 导读

出　　版	中国致公出版社
	（北京市朝阳区八里庄西里 100 号住邦 2000 大厦 1 号楼西区 21 层）
出　　品	知音动漫图书·时代坊
	（武汉市东湖路 179 号）
发　　行	中国致公出版社（010-66121708）
作品企划	知音动漫图书·时代坊
责任编辑	程　英
责任校对	邓新蓉
装帧设计	方　茜
责任印制	程　磊
印　　刷	武汉新鸿业印务有限公司
版　　次	2021 年 11 月第 1 版
印　　次	2021 年 11 月第 1 次印刷
开　　本	787mm×1092mm　1/16
印　　张	11.5
字　　数	170 千字
书　　号	ISBN 978-7-5145-1759-0
定　　价	52.00 元

（版权所有，盗版必究，举报电话：027-68890818）
（如发现印装质量问题，请寄本公司调换，电话：027-68890818）

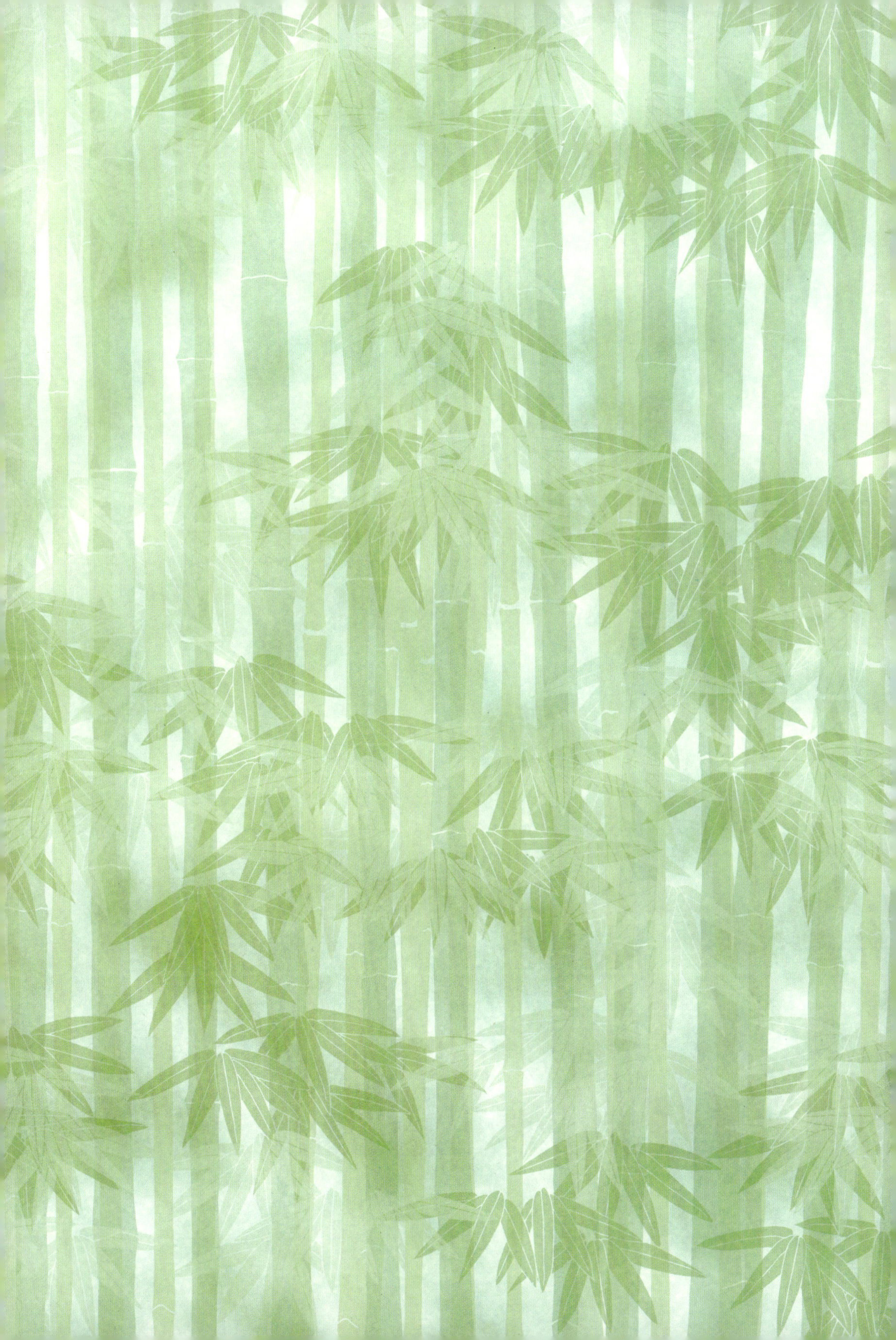

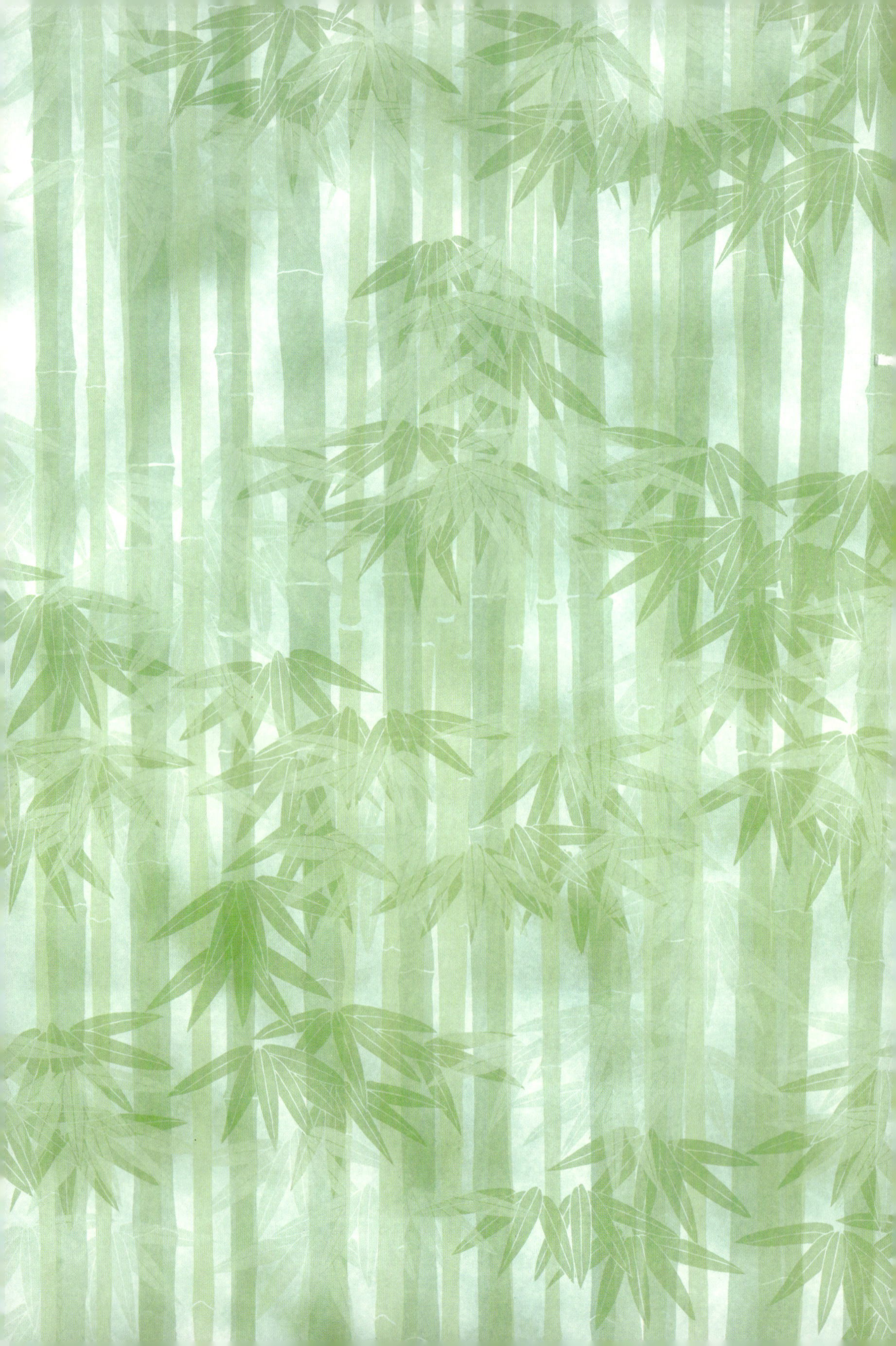